Aslı Erdoğan

Der wundersame Mandarin

Aslı Erdoğan
Der wundersame Mandarin

Aus dem Türkischen von Recai Hallaç

Edition Galata

Titel der Originalausgabe: Mucizevi Mandarin

Mit freundlicher Unterstützung durch das TEDA-Projekt
des Kulturministeriums der Republik Türkei

Ich hatte auf den ersten Blick gesehen, daß sie Türken sind. In diese französisch sprechende, historische mitteleuropäische Stadt waren sie mit großer Wahrscheinlichkeit gekommen, um an einer Ausstellung oder einem Filmfestival teilzunehmen. Alle vier sahen nach Künstlern aus, das heißt, sie hatten lange Haare, Brillen, Bärte und Kordhosen. Sie waren so betrunken, daß sie sich kaum noch auf den Beinen halten konnten. Sie hatten sich in einer der engen steilen Gassen der Altstadt vor dem Nachtclub, in dem Punks der neuen Generation verkehrten, postiert und mit ihren vielen Dosen Bier, ihrem Lärm und Krach und ihrer Ungezügeltheit im wahrsten Sinne des Wortes den Weg belagert.

Die Sorglosigkeit, die sie empfanden, weil sie in einem fremden und freieren Land waren, hatte sich mit Alkohol vermengt und die Entfernung von dreitausend Kilometer zu einer Gesellschaft, in der sie jeden Augenblick beurteilt und dem Zwang ausgesetzt wurden, ihr »Image« zu bewahren, hatte ihnen den Kopf verdreht. Kurz, sie waren völlig außer Rand und Band. Sie machten jedes Mädchen an, das an ihnen vorbeilief, und weil sie davon ausgingen, daß hier kein Mensch Türkisch versteht, riefen sie ihnen die zügellosesten Worte hinterher und erlaubten sich jede Frechheit. Ihre künstlerischen Sorgen waren jenseits des Sonnenuntergangs geblieben, die Nacht hatte grundsätzlichere und lebenswichtigere Probleme, mit einem Wort die Sexualität, in den Vordergrund gerückt. Sie verfolgten die Spur der Beglückung der Haut, der leichten Siege.

Als sie mich bemerkten, hatte ich sie schon eine ganze Weile beobachtet. Deswegen wurde mir klar, daß alle vier, fast im gleichen Atemzug, meiner Erscheinung in der Dunkelheit gewahr wurden. In einer Samstagnacht war ihnen eine schlanke schmächtige Frau begegnet, die auf den kopfsteingepflasterten, sehr spärlich beleuchteten steilen Gassen der Altstadt wie ein Geist herumschlich. In dem faden Licht der Straßenlaternen, eine blonde, eine, obwohl nicht einmal dreißig, gealterte, ein wenig mysteriöse, ein wenig tragische erschöpfte Frau. Fast eine Romanheldin.

Ich konnte nicht mehr hören, was sie sagten, sie waren instinktiv leiser geworden, meine Anwesenheit hatte sie beunruhigt. Von einem Moment auf den anderen war ich zum Brennpunkt ihrer Aufmerksamkeit geworden. Das Quartett fing an, sich mir allmählich zu nähern und wie eine Amöbe sich zu teilen.

Auf einmal erhellte die Straßenlaterne mein Gesicht und legte die Bandagen, die ich vergeblich in der Finsternis zu verbergen suchte, bloß. Bandagen, die mein linkes Auge ganz verschluckt und in der Mitte meines Gesichts eine tiefe Furche gegraben hatten ...

»Hey, guck mal, das Auge des Mädchens!«

»Das Mädchen hat kein Auge, guck dir das mal an!«

»Ach Meeensch, die Arme!«

»Was ist denn wohl passiert? Sie hatte bestimmt einen Unfall oder so.«

(Und dann Sätze, Ausrufe, Vermutungen, die ich nicht hören konnte ...)

»Schade, ein schönes Mädchen eigentlich!«

Ich bin mir nicht sicher, ob ich diesen letzten Satz wirklich gehört habe. Vielleicht ist er ein Geschenk meines so armseligen, nach Komplimenten hungernden Egos für meine Ohren.

Einer von ihnen, der mutigste, kam auf mich zu, achtete jedoch sorgfältig darauf, sich nicht zu sehr zu nähern. Mein verletztes Auge könnte sich ja wie ein Drache auf ihn stürzen und ihn mit einem tödlichen Virus anstecken. Mit einer samtweichen Stimme und auf Türkisch sagte er »geçmiş olsun«, gute Besserung! Und ich antwortete in meiner Muttersprache:

Danke schön, »teşekkür ederim«.

Während ich, ohne auch nur einen Moment stehen zu bleiben, meinen Weg fortsetzte, sah ich, daß er vor Verblüffung die Bierdose aus der Hand gleiten ließ. Kurz danach trug der Wind noch ein paar türkische Worte zu mir herüber.

»Das Mädchen hat Türkisch gesprochen, nicht wahr? Habe ich mich verhört? Hat das Mädchen Türkisch gesprochen?«

Die Altstadt von Genf um Mitternacht: Gepflasterte Straßen, Statuen, Brunnen, Straßenlaternen mit gelblich weißem Licht, Läden mit beleuchteten Schaufenstern, Antiquitätengeschäfte, Antiquariate, Galerien, Alte Landkarten, Briefmarken, Bücher, die im letzten Jahrhundert gedruckt wurden, Kerzenständer, Kronleuchter, Klaviere, Schreibmaschinen, Grammophone, Porzellanfiguren, chinesische Schachteln, kleine Skulpturen aus Afrika, venezianische Masken, Maria und ihr gekreuzigter Sohn, Lampen aus Reispapier, Schreibtische,

Teegarnituren aus Porzellan, silberne Aschenbecher, beleibte Buddhas, Elefanten aus Kristall, indische Stoffe … Unter diesen tausend verschiedenen Gegenständen ist, warum auch immer, kein einziger dabei, der mich an Istanbul, an meine Kindheit und meine zweifellos unglückliche, unbewegte und vertane Jugend erinnert. Einzig und allein die Roßkastanien, denen ich hin und wieder auf den Bürgersteigen begegne …

Der Hof meiner Grundschule im Stadtteil Göztepe, ehemals ein herrschaftlicher Holzbau, füllte sich im Herbst von einem Ende zum anderen mit Roßkastanien. Vermutlich, weil ich mich mit ihr identifizierte, übte diese stachelige Frucht mit ihrem derben, abweisenden Namen, die man weder essen noch herunterschlucken kann, eine irrationale Anziehungskraft auf mich aus. Eigentlich hatte ich seit einem Hufschlag, den ich als Fünfjährige erhalten hatte, eine Höllenangst vor Pferden, und Kastanien nahm ich nie in den Mund. Und der Herbst war eine langweilige Jahreszeit, die nichts anderes bedeutete, als daß die Sommerferien zu Ende waren. Ich war ja noch ein kleines Kind, ich hatte noch keine Ahnung von Begriffen wie Sehnsucht an vergangene Zeiten, Romantik oder Liebe, die herabfallendes Laub in Erwachsenen hervorruft.

Aber jetzt kehre ich, sobald ich Roßkastanien erblicke, diese Fremdlinge der nördlichen Klimazonen, mich überschlagend, mich im Gebüsch verfangend, so, wie man einen felsenübersäten Hang hinabstürzt und den Fluß erreicht, in meine Vergangenheit zurück.

Als ich ein kleines Kind war – es klingt, ehrlich gesagt, seltsam für mich, aber ich war auch mal ein kleines Kind –, wollte ich wissen, ob die Welt für braunäugige anders aussieht. Meine

Augen sind blau-grau, eigentlich eher grau als blau. Die männlichen Helden der meistverkauften Liebes- und Spionageromane haben einen strengen und schneidenden Blick, sie haben »Charakter« und, warum auch immer, graue Augen. Wahrscheinlich könnte man auch statistisch belegen, daß der Großteil der Mörder in den Kriminalromanen graue Augen hat; Grau wird als Farbe des Verdachts, des Geheimnisses und eines wie geölt funktionierenden, tödlichen Gehirns präsentiert. Heute bin ich groß genug um zu wissen, daß es nicht an meiner Augenfarbe liegt, wenn ich die Welt anders sehe als andere. Je größer ich wurde, um so mehr verwandelte sich die Farbe meiner Augen von blau zu grau. Das blaugefärbte Kind von damals ist heute eine rauchfarbene Frau und ziemlich undurchsichtig, wenn auch nicht so sehr wie die geheimnisumwitterten Romanhelden.

Zu meiner Kindheit muß noch etwas gesagt werden, nämlich, daß ich schon damals eine Prise Wahnsinn in mir trug. Ich gehöre nicht zu jenen, die die Enttäuschungen unserer leidgeprüften, fruchtbaren, ruinösen Welt nicht mehr aushalten und sich in den schmerzbeständigen Trost des Wahnsinns flüchten, also zu den Spätwahnsinnigen. Ich habe meine eigenen Wahnsinnskategorien, die keinerlei objektiv oder wissenschaftlich sind: die aristokratischen Wahnsinnigen, diejenigen, die eine Markt- oder Imageforschung betreiben, bevor sie ihren Wahnsinn vermarkten, solche, die sich den Wahnsinn aufzwingen, weil sie das als die wichtigste Voraussetzung der Kreativität betrachten … Ich aber gehöre zu denen, die hin und wieder an den Grenzen entlangspazieren und sich wieder und wieder nicht trauen, die verminten Felder zu überschreiten. Der Wahnsinn ist keine Geschichte, die ich erzählen könnte. Nicht einmal eine Geschichte.

Ich bin kein kleines Kind mehr, aber ich habe immer noch nicht erfahren, wie andere Augen die Welt sehen. Dabei ist mein rechtes Auge, mein intaktes Auge, viel weiser als andere Einzelaugen, die ihr Paar nicht verloren haben, es ist sozusagen ein alter Hase, der schon viel gesehen und erlebt hat. Man könnte sogar sagen, es sei ein wenig altklug, es verleibt sich auch die Wirklichkeit, die dem anderen Auge gehört, gleich mit ein – und das wäre, grob gerechnet, die Hälfte der Wirklichkeit.

»Der König Ödipus hatte ein Auge zu viel.« Das soll Hölderlin gesagt haben, während er im Irrenhaus war. Nun beschäftigt mich seit einigen Monaten die Frage: War das Auge zu viel, bevor oder nachdem ihm bereits eines ausgestochen war? Ich kann natürlich diesen äußerst geheimnisvollen Satz Hölderlins nicht kommentieren, aber ich erahne, daß mein verlorenes Auge, mein linkes, das Rätsel gelöst und ohne den Verstand, das Gedächtnis und die Legenden zu Hilfe zu rufen, das Geheimnis gelüftet hat.

»Die Liebe hat ein Auge zu viel«, sagt Mahabharata. »Die Liebe hat ein Auge zu viel.«

Meine nächtlichen Reisen in den Straßen von Genf, die bis zur Morgendämmerung dauerten, hatte ich angefangen, als ich mit Sergio zusammen war. Wir liebten uns ganze Nächte lang oder wanderten durch die Gassen und führten endlose Gespräche. Die stillen, menschenleeren, geheimnisvollen Gassen von Genf, seine kleinen, von trüben Straßenlaternen nie wirklich erhellten Brücken, seine gepflegten, nach Wiesen duftenden Parks am Lac Léman, dem Genfersee, seine bis in den Morgen hinein geöffneten Bars und Kioske, seine Paare, die sich unter den Brücken lieben und Haschisch rauchen, seine Alkoholiker, die am Bahnhof übernachten, Latinoviertel, wo das Geschrei und Gepolter vierundzwanzig Stunden lang niemals aufhören, das Viertel, das portugiesische und spanische Saisonarbeiter beherbergt und überall nach Gitarren und Fausthieben klingt, La Jonction, wo zwei Flüsse sich kreuzen, das alles habe ich von ihm gelernt. Eine Stadt fängt nur dann zu leben an, wenn in ihr jemand ist, den Sie lieben.

In der Nacht, als mich Sergio zum ersten Mal küßte, waren wir an der Kreuzung der beiden Flüsse. Wir waren auf dem »Weg ohne Rückkehr«, wie er den engen Betonkai, der sich zum Wasserfall hin erstreckt, bezeichnete. Genau an dieser Stelle vereinigt sich die aufgebrachte, lärmende, leidenschaftliche Rhône mit dem gelb-grünen, schlammigen Wasser eines anderen, eines besonnenen, ruhigen und maßvollen Flusses. Wie Liebende, die im gleichen Augenblick den Höhepunkt erreichen, Schreie ausstoßend, so, als hätten sie ein Leben lang darauf gewartet, trafen die Flüsse aufeinander. Es war eine mondlose, sternlose, diesige Mainacht, ich fror in meinem schwarzen kurzen Rock. Sergio hatte seinen Pullover ausgezogen und mir um die Beine gewikkelt.

Seit drei Monaten gehe ich jeden Sonntagnachmittag, ohne auch nur einen einzigen auszulassen, nach La Jonction. Mit meiner schwarzen Hose, meinem schwarzen Hemd und der weißen Bandage sehe ich einer Witwe ähnlich, die das Grab ihres Mannes besucht. Das ist ein Ritus für mich, die Heiligung der Einsamkeit.

Dabei habe ich Sergio schon vergessen, richtiger gesagt, ich kann mich jetzt an ihn erinnern, ohne dabei zu leiden. Nun ist er eine Erinnerung, die fast unwirklich geworden ist, aus meinen zweiäugigen Zeiten, vorsintflutlich. Ich glaube nicht einmal, daß es etwas mit ihm zu tun hat, wenn ich jeden Sonntag zur Vereinigung der Flüsse gehe. Und selbst wenn, macht es keinen Unterschied mehr. Es ist zu spät dafür.

Als Sergio mich in jener Nacht umarmte, mich zu sich hinzog und beinahe zwang, meinen Kopf an seine Brust zu lehnen, zuckte ich verängstigt zusammen und versuchte, mich von ihm zu entfernen. Er hatte mich ganz fest gepackt, mich nicht gehen lassen und, meine Haare streichelnd, gesagt:

»Es gibt nichts, aber auch gar nichts zu fürchten.«

Einen Augenblick lang hatte ich nachgedacht. Er hatte natürlich recht, was könnte es zu fürchten geben? Trotzdem hielt ich meinen Kopf lange an seiner Brust versteckt und traute mich nicht, meinen Blick zu heben, aus Angst vor dem ersten Kuß. Er hatte meine Haare gestreichelt, eine halbe Stunde, eine Stunde oder noch länger.

Jetzt erinnere ich mich an diesen Satz, mit dem alles anfing, mit einem traurigen Sarkasmus:

»Es gibt nichts, aber auch gar nichts zu fürchten.«

Genf ist ein Ort ohnegleichen, um sich nachts ziellos durch die Straßen treiben zu lassen. Erstens ist diese Stadt völlig sicher, so sehr, daß es langweilt. Weil die Banken, die Quelle des jahrhundertealten Reichtums der Schweiz in dieser Stadt ansässig sind, hat die gut organisierte Polizei überall ihre Augen. Auch wenn man in der Öffentlichkeit Polizeiautos oder Uniformen kaum sieht, ist die eiserne, in Nebel gehüllte Hand der Macht jederzeit im Nacken aller, vor allem der Fremden.

Hinzu kommt, daß es nachts ab zehn Uhr so menschenleer ist, wie es nur in kleinen nordischen Städten denkbar wäre; außer in Migrantenvierteln und Prostitutionszentren sagen sich auf den Straßen Fuchs und Hase gute Nacht. Die schick aufgemachte Menschenmenge, die aus Bankiers, Unternehmern, Diplomaten, arabischen Scheichs usw. besteht und an Freitag- und Samstagabenden die Fünfsternehotels, Bars und Restaurants füllt, steigt nur auf Parkplätzen aus den Autos. Deswegen bleiben Bürgersteige mittellosen Ausländern wie mir vorbehalten. Ohnehin ist jeder, egal an welchem Ort der Welt, der nach Mitternacht allein in den Straßen herumstreift, zweifellos ein Fremder. Diese neuen Ortschaften, die ihn ganz und gar nicht mit offenen Armen empfangen haben, betrachtet er, die Dunkelheit in seinem Gefolge, mit seinem wilden Blick; gekrümmt unter der schweren Last der Vergangenheit, die ihn bis hierher gejagt hat, läuft und läuft er unentwegt. Sein Land, das er in jenen vergangenen Zeiten nicht ertragen konnte, hat sich jetzt in ein verlorenes, erträumtes Paradies verwandelt, aber auch an seine Träume kann er nicht mehr glauben. Zwischen einer schmerzerfüllten Vergangenheit und einer beängstigenden Zukunft ist er erstarrt und kann den Augenblick, in dem er sich befindet, nicht erreichen. Er hat geglaubt zu fliehen und sitzt gerade jetzt in der Falle. Das einzig Optimistische, was ich zum Migrantenleben sagen könnte: Ich kenne keine andere Erfahrung, die dem Menschen das Leben so gut begreiflich macht.

Meine nächtlichen Spaziergänge fange ich jedesmal in der Altstadt an. Mit ihren kopfsteingepflasterten Straßen, ihren engen Gassen, die sich im rechten Winkel kreuzen, ihren kleinen Plätzen, die auf einmal auftauchen, ihren Brunnen, Fontänen und Skulpturen, den steilen Straßen, die einem den Atem rauben, ihren geheimen Gängen und Tunneln fasziniert mich die Altstadt, schleudert mich aus der Zeit heraus. Ich folge der verschollenen Spur der Ritter, Priester, Gelehrten, der Händler, die seit dem Mittelalter diese Gassen entlanggingen und wandere unentwegt von einem Jahrhundert zum anderen. Ich betrachte die beleuchteten Schaufenster der Antiquitätengeschäfte, verliere mich hin und wieder in meinem einäugigen Widerschein; ich setze mich an den Rand eines Brunnens, rauche Zigaretten und spreche mit mir selbst, ich berühre die Skulpturen. Wenn dann die Einsamkeit und Stille mich zu sehr von der Wirklichkeit zu entfernen drohen, so daß eine Rückkehr unmöglich wird, wenn sogar mein eigenes Dasein zweifelhaft erscheint, gehe ich auf den Platz mit den Cafés und Bars, die bis drei Uhr früh aufhaben, bestelle mir einen Milchkaffee und schreibe. Beim Schreiben verwandele ich mich, werde zu einem Auge, und solange ich nur aus einem Blick bestehe, ist auch meine Wirklichkeit eine andere.

Mein Schlaf ist mimosenhafter als die Nymphen, die verschwinden, sobald man sie berührt; in dem Augenblick, in dem ich von ihm träume, macht er sich auf und davon. Deshalb setze ich meinen Marsch auf den Straßen fort. Ich gehe hinunter zum See, überquere eine der kleinen Brücken über der Rhône und empfange die ersten Stunden des Morgens im Prostitutions- und Drogenzentrum der Stadt, in Pâquis. Das Inselchen Rousseau, den Englischen Park mit den homosexuellen Paaren, die von luxuriösen Bars, Hotels, Restaurants überfüllten Straßen, die Genf überhaupt zu Genf machen, überspringe ich gänzlich. Ich entscheide mich für die Dunkelheit, den Schatten, das Alte, das Außergesetzliche. Wahrscheinlich, weil ich den Traum der Realität, die Vergangenheit der Gegenwart, den Schmerz der Hoffnung vorziehe.

Als ich fünfzehn, sechzehn war, also in den Jahren, als ich die ersten einsamen, ungestützten, unbeholfenen Schritte meiner Lebensreise versuchte, rannte ich, sobald Mutter und Vater abends ausgingen, auf die Straße. Ich kümmerte mich nicht im Geringsten darum, wie spät es war und daß ich keinen Ort hatte, wo ich hingehen könnte. Es war mir verboten, nachts aus dem Haus zu gehen. Das war die erste Eingrenzung meiner Mädchenjahre voller Pendeln, die zwischen Extremen hin und her schwangen, eine Eingrenzung, die mich mit Mordswut erfüllte, mich Tränen von Schmerz, Revolte und Hoffnungslosigkeit vergießen ließ. Abends auf dem Heimweg sah ich lange die untergehende Sonne an, und daß man mir die Abenddämmerung, die magische Nacht, die ihre Flügel sachte ausbreitete, wegnahm, empfand ich als das schrecklichste Unrecht der Welt. Ich hatte keine Angst vor der Dunkelheit, ganz im Gegenteil, sie war meine einzige Komplizin. Auf meinen nächtlichen Reisen tat ich immer so, als wäre ich für eine sehr wichtige und geheime Mission unterwegs. Ohne nach rechts und links zu schauen, lief ich schnellen, entschlossenen, angriffslustigen Schrittes; mein Gesicht trug eine Härte, die man bei einem Mädchen in diesem Alter eher selten antrifft. Ich stellte mir vor, daß ich mich für einen äußerst gefährlichen Raubüberfall auf den Weg machte, in meiner Tasche eine Waffe verborgen hielt, ein einsamer Dieb war, der in der Silvesternacht auf Beutejagd ging.

Damals war mein Leben von Gittern umzäunt und ich versuchte, wenn auch um den Preis, mich zu verletzen, vergeblich, den Stacheldraht in Stücke zu reißen. Weil sie für mich die Freiheit symbolisierten, habe ich nie gelernt, mich vor Sexualität und vor der Nacht zu fürchten, obwohl ich es hätte lernen müssen. Meine Jungfräulichkeit habe ich mit den eigenen Fingern zerrissen und weggeworfen und bin bei jeder Gelegenheit in die Nacht hinein gerannt. Und der Wahnsinn folgte mir bis in die Tiefen der Nacht wie ein Schatten. Genau so, wie ein Schatten mit der Dunkelheit wächst, wuchs auch mein Wahnsinn in der Nacht, füllte eine größere Fläche aus als mein Selbst.

In meinen ersten Nächten in Genf, immer, wenn ich auf den Straßen, in den Discos und Bars dreizehn-, vierzehnjährige Mädchen sah, die mit ihren Geliebten engumschlungen gingen, tanzten, schmusten, keck und fröhlich lachten, spürte ich in mir einen Stich. Die Türkei hatte mir meine frühen Jugendjahre gestohlen und kein Land würde sie mir zurückgeben können. Im Laufe der Zeit wurde mir klar, daß mir mehr als die Freiheit dieser Mädchen ihr Glück wehtat. Sie betrachteten die Welt mit jungen und hoffnungsvollen Blicken und die jungen Männer an ihrer Seite umarmten sie mit Liebe, Bewunderung und Begehren; sie waren nie geohrfeigt worden und würden mit großer Wahrscheinlichkeit ihr Leben lang nicht geohrfeigt werden; der Boden, auf dem sie zur Welt kamen und aufwuchsen, würde es ihnen ermöglichen, sich zu entwickeln und zu entfalten, ihre wirkliche Größe zu erreichen, und, zu der richtigen Jahreszeit, Blüten zu treiben. Schon jetzt war jede einzelne von ihnen eine kleine Göttin. Die Männer in meinem Land schauten die Frauen nicht so an, behandelten sie nicht so. Was mir von meinen ersten Beziehungen in diesem Alter in Erinnerung geblieben ist? Eine Sexualität nach dem Motto »Schnapp dir soviel du kannst!«, Erniedrigungen, die ich nie ergründen konnte, Tyrannen, die plötzlich vor mir auftauchten, Krokodile, Hexenverbrennungsrituale, Brandmarkungen als Schlampe.

Sogar in der Mitte Europas kann ich Frauen aus dem Nahen Osten auf den ersten Blick erkennen. In den Augen von allen sitzt eine tiefe Angst und Traurigkeit. Unser Selbstbewußtsein haben wir nie erlangt, unser Stolz ist voller Wunden wie Rasputin. Von der Art, wie westliche Frauen ihren Körper tragen, sieht man bei uns keine Spur. Meine ersten paar Monate in Europa habe ich damit zugebracht, all dies zu entdecken, die Rechnung aufzustellen, was die Gesellschaft, in der ich geboren wurde und aufgewachsen bin, mir alles genommen hatte. Dann kam aber irgendwann der Tag, an dem ich auf einer Flasche »Boğaziçi Limon Kolonyası«, auf dieser Flasche Kölnisch Wasser, die mir wer weiß wie in die Hände geraten war, ein Bild von Istanbul erblickte, und alles sah auf einmal anders aus. Ich vertiefte mich in den Anblick des Bosporusdampfers der Städtischen Schiffahrtsgesellschaft auf dem zwei Finger breiten Bild, auf das grellblaue Wasser so hilflos gezeichnet, daß es einem das Herz brach, und weinte. Das war meine erste Bekanntschaft mit jenem Gefühl, das man in meiner Sprache als »yurt özlemi« bezeichnet, als »Sehnsucht nach Heimat«, von manchen heimlich belächelt und verachtet, von anderen in den Dienst eines altmodischen Diskurses gestellt, um den »Fremden« zu erniedrigen und sich selbst zu erheben. Der erste Blickkontakt mit der Türkin in mir. Plötzlich hatte ich auf eine einfache, unverfälschte Art Sehnsucht nach Istanbul, nach meiner eigenen Sprache, meinen eigenen Menschen.

Am Ende des ersten Jahres in Europa mit viel Einsamkeit, Ungewißheit und Reue gärten Wut und Zorn in mir, ich wurde zu einer zügellosen, unberechenbaren, an nichts mehr glaubenden Fremden. Ich hatte die Nase voll von Menschen, die den in Supermärkten angebotenen Produkten ähnelten, verschiedene Farben und Marken, aber die gleiche Substanz, günstig produziert, ohne große Sorgfalt, ohne feine Handarbeit. Mit aller Kraft haßte ich eine Herde, die von dem Wunsch erfüllt war, die Welt intelligent zu nutzen, die eine Todesangst davor hatte, sich bloßzustellen, sich gehen zu lassen, ihre Seele unverkleidet zu zeigen, schwach und abhängig zu sein. Natürlich, der Haß ist der leichteste und genußvollste Job der Welt, er kann einen verlorenen Menschen eine Zeitlang unterhalten, gibt ihm Kraft, hilft zum Überleben.

Allmählich wuchs die Migrantin in mir auf, sie wurde reif, lernte, sich feiner und gewählter auszudrücken. Daß »Heimat« die drei-fünf Menschen sind, mit denen wir in Verbindung stehen, daß Istanbul meine Wurzel und meine Vergangenheit ist und daß ich selbst meine Muttersprache bin, habe ich erst mit der Zeit gelernt.

Meine Hölle war weder mein Land noch war sie hier. Ich habe sie in mir selbst getragen, genauso wie meine Träume von einem Paradies.

Wenn die Nacht sich wie ein Gefängniswärter vor meinem Fenster breitmacht, flüchte ich sofort hinaus. In den letzten Stunden des Tages unternehme ich nichts, ich erlebe nichts, höre nichts; ich warte darauf, daß der Tag abstirbt. Um zusammen mit ihm abzusterben und mich, bevor die Nacht anfängt, in ein Gespenst zu verwandeln. Anders kann ich die schwere, nach Gräbern riechende Dunkelheit nicht aushalten. Ich bin das schwarze Gespenst der Einsamkeit. Blicklos. Mit nur einem halben Blick.

Diebe, Blinde und Schwarze kennen die Nacht besser. Wir verschwinden in der Dunkelheit, lösen uns auf, als wären wir aus der gleichen Materie wie sie, wir lernen die Nacht auf andere Art kennen, nehmen uns ihrer an. Und ich als Halbblinde wehre mich mit meinem ganzen Wesen dagegen, daß mir meine Nacht geraubt, daß sie an leidenschaftlich Liebende, an Schlafzimmer, die nach Schweiß und Sperma riechen, verschleudert wird. Jene, die die Nacht in den Dienst der Lust, der Träume und des Vergnügens stellen, kennen sie überhaupt nicht, sie erwarten von ihr Dinge, die sie nicht enthält.

Die intensive, verläßlich schweigsame Dunkelheit verbirgt meine Bandagen so gut es geht, so gut sie kann; und ich verwandle mich in ein einziges sehendes Auge, ein Auge, das sich alle Erscheinungen, die ihm begegnen, gierig einverleiben will, und stürze mich hinaus auf die Straßen. Ich lasse die Welt in ihrem hell erleuchteten Schaufenster, in das sie eingesperrt wurde, und treibe auf den dunklen Pfaden meiner Seele unentwegt umher. Ich gebe es auf, zu betrachten, Analysen und Auslegungen zu versuchen, mich hoffnungslos zu bemühen, im Leben anzukommen. Ich laufe und laufe und laufe … In der Erwartung, an einem verlassenen Fleck einer abgelegenen Sackgasse mir selbst zu begegnen, gehe ich immer weiter.

Schritte, Gassen und die Stille … Schritte … Schritte … Stille …

Mit erbarmungsloser Entschlossenheit folgt mir die Welt auf den Fersen.

Jemanden zu lieben, nicht weil er dieses oder jenes ist, dir von diesem oder jenem erzählt, sondern weil er dich liebt und immer zu dir zurückkommt, egal wie schlecht du ihn behandelst, wie ein Hund immer wieder zurückkommt … «

Noch bevor er seinen Satz beenden konnte, war ich aufgesprungen und hatte angefangen, ihn zu küssen. Es war der Tag, der auf unsere erste gemeinsame Nacht folgte, wir hatten uns zum Abendessen verabredet. Auf einer der Hauptstraßen, die zur

Rhône führen, saßen wir in einem kleinen Restaurant, wo nur französische Gerichte angeboten wurden und die Tische auch den Gehsteig in Beschlag nahmen. »Wir müssen diese Sache hier beenden, ich bin nicht bereit für eine Beziehung«, hatte ich zur Eröffnung gesagt. Ich sprach mit einem Gesicht, blaß wie Porzellan und mit stacheligen Wörtern, in meinem Herzen war ein riesiger Eisberg. Ich fühlte mich angegriffen und besetzt; meine Einsamkeit, die mein Wesen zum Atmen braucht, war umzingelt, ihre Festungsmauern durchlöchert. Er hörte mir mit einer angespannten Traurigkeit zu, in seinen Blicken saß die Verwirrung eines erwachsenen Mannes, der einsieht, daß er das Spiel verloren hat, aber auch die durchsichtige Zerbrechlichkeit eines Babys, das gleich anfangen wird zu weinen. Wir tranken beide ohne Pause, die Weingläser wurden in einem Zug gefüllt und geleert und wieder gefüllt. Als er eine Blumenverkäuferin, die gerade vorbeiging, zu sich rief und mir eine orangefarbene Rose schenkte, fing alles an, sich zu ändern. Er hatte mir die Blume fast wie eine Bitte um Entschuldigung gereicht, mit einer Zaghaftigkeit, die ich von ihm gar nicht erwartet hätte, dann senkte er leicht den Kopf und sagte, er habe sich nicht getraut, eine rote Rose zu kaufen. Was wir danach gesprochen haben, wie er mich bändigte, wie es geschah, daß ich mich plötzlich mit einer verrückten Leidenschaft an ihn gebunden habe, an all das kann ich mich gar nicht mehr erinnern. Nur an diesen letzten Satz.

Von jenem lauwarmen Sommerabend ist die Erinnerung an ein mächtiges Gefühl, an ein mit Melancholie vermengtes Glück geblieben, ein so intensives Glück, daß es beängstigte und schmerzte. Ein Zustand, in dem ich mich nicht wiedererkennen konnte, eine Ekstase, ein Taumel, ein Rausch… Während die

Nacht, samtweich streichelnd, sich der Stadt näherte, konnten wir gar nicht aufhören, miteinander zu sprechen. Der Verkehr auf der Hauptstraße ließ allmählich nach, die Gassen leerten sich, Lichter gingen nacheinander an. Die Handvoll Wasser des Flusses, die ich von meinem Stuhl aus sehen konnte und die kleine Brücke wurden immer dunkler. Wenig später verwandelte sich Genf mit den milchfarbenen Laternen der Brücke und den Neonlichtern, die sich auf dem See spiegelten, in ein Schmuckkästchen voller feiner Halsbänder, Smaragde und Rubine. Jedesmal, wenn ich aufschaute, begegnete ich seinem warmen Blick, der nicht einen einzigen Moment von meinem Gesicht weichen wollte und sagte mir: »Das ist sie wohl, die Liebe, genau das und nichts anderes.« Jener letzte Satz …

Noch bevor er zu Ende sprechen konnte, war ich aufgesprungen und hatte angefangen, ihn mit einem Begehren, das ich nicht mehr im Zaum halten konnte, zu küssen. Ohne auf die Restaurantgäste und die Passanten auf der Straße zu achten, küßten wir uns, ich auf seinem Schoß, viele Minuten lang. In meinem ganzen Leben hatte ich so etwas noch nie getan. Weil ich nicht albern oder angeberisch wirken wollte, hatte ich immer gedacht. Aber was mir in Wirklichkeit eine Todesangst einjagte, war, mich selbst zu verlieren, mich nicht mehr unter Kontrolle zu haben, mich von einem Strom mitreißen zu lassen. Irgendwann gelang es uns, aufzustehen, wir liefen wie zwei Betrunkene aneinandergeklammert, schwankend, langsam auf den Ausgang zu, aber noch bevor wir die Tür erreicht hatten, blieben wir stehen und fingen wieder an, uns zu küssen. Die Menschen um uns herum versuchten hilflos, wegzuschauen, nur der spanische Kellner betrachtete uns vergnügt und neidvoll. Wie es auch immer geschehen sein mag, fanden wir uns schließlich neben dem Wagen wieder. Ein Auto mit spanischem Kennzeichen, geparkt auf einer der Hauptstraßen, die zur Rhône führen, wartete mit laufendem Motor vor dem französischen Restaurant, ohne sich von der Stelle zu rühren, mindestens eine Stunde lang auf die Nacht.

Die Schönheit der ersten Momente, der unersetzlichen ersten Momente … Anfänge sind immer schön.

Beim Eintreten in das Sprechzimmer stieß ich wieder gegen die Tür. Mein junger, gesunder, freundlicher Arzt lächelte verständnisvoll. Wenn man mit einem einzigen Auge auskommen muß, verliert man die Wahrnehmung für Tiefe und Länge. Ständig stößt man gegen dieses und jenes, und es gelingt nie, die Entfernung zwischen Tischen und Stühlen treffend zu bestimmen. Den Wind eines Wagens, der mir beim Überqueren der Straße noch sehr weit weg schien, spüre ich dann im Rücken, und einen Bus, bei dem ich denke, ich brauche nur die Hand auszustrecken, um ihn zu erwischen, verpasse ich. Es ist mir besonders peinlich, wenn ich es nicht schaffe, durch eine Tür zu treten. Jedes Mal stoße ich mit meiner linken Schulter dagegen.

»Tut es weh?«

»Ja!«

»Und wenn ich hier berühre, tut es dann auch weh?«

»Ja! Ja! Ja! Können Sie nicht bitte etwas vorsichtiger sein?«

Ich bin eine Mimose, ein kleines bißchen Härte, und ich fange an zu flehen.

»Es sieht nicht so schlimm aus«, sagt mein ungemein wahrheitsverliebter, vernünftiger, mit gesundem Menschenverstand ausgestatteter Arzt. Er redet nie um den heißen Brei herum. Er verfolgt das Prinzip, den Patienten die Wahrheit nicht zu verschweigen, er nennt das Ehrlichkeit. Er nimmt es ernst, ein tugendhafter Mensch zu sein.

»Sehen Sie, ich will offen mit Ihnen sprechen.«

Seit drei Monaten höre ich drei-vier Mal in der Woche diesen Satz. Mit mir wird immer »offen« gesprochen. Ich bin es leid, immer wieder dieselbe Ouvertüre zu hören; wie intelligent er auch sein mag, bei diesem Mann ist die Kreativität gleich null.

»Die Wahrscheinlichkeit, daß wir das Auge retten können, ist gering, ich meine zwar nicht, es sei völlig ausgeschlossen, aber ich kann Ihnen ziemlich sicher sagen, sie ist nicht größer als fünf Prozent.«

Mit leeren Augen – mit einem leeren Auge – sehe ich in sein Gesicht. Wie kann ich ihm verständlich machen, daß mir diese Zahlen und Wahrscheinlichkeiten gar nichts bedeuten?

»Natürlich werden wir die Behandlung fortsetzen; auch wenn nur ein Millionstel (wieder Zahlen!!) Hoffnung besteht, werden wir sie fortsetzen. Wenigstens haben wir das andere Auge in Sicherheit gebracht... Fürs Erste...«

Wie erbarmungslos dieses »fürs Erste« klingt, kann mein blutjunger Arzt nicht einmal erahnen. Schließlich hat er die Schmerzen des menschlichen Geschlechts immer mit Gummihandschuhen an den Händen und durchs Mikroskop betrachtet.

»Also, wie gehabt, viermal täglich säubern und vierundzwanzig Stunden Bandage. Haben Sie sich an die neuen Tropfen gewöhnt?«

»Ich glaube nicht, daß ich mich jemals daran gewöhnen kann, diese kalten Flüssigkeiten in mein Auge zu träufeln. Noch dazu in ein verwundetes Auge. Mein ganzer Körper zieht sich zusammen.«

»Warum bitten Sie nicht einen Freund um Hilfe?«

Siehst du, die einfachste, vernünftigste Lösung hat er dank seiner praktischen Intelligenz im Handumdrehen gefunden, ich hätte dafür drei Jahre nachdenken müssen und trotzdem wäre ich nicht darauf gekommen. Mir fällt ein, daß ich keinen Freund habe. Und schon gar nicht einen, der so selbstlos und so nah ist, daß er viermal am Tag ein blutiges, eiterndes Auge säubern könnte... Wortlos vertiefe ich mich in den Anblick des wohlgeformten Gesichts meines Arztes, er hat glitzernde grünbraune Augen. Wenn er nur keine Brille tragen würde!

»Alles andere hängt auch ein bißchen von Ihnen ab. Sie müssen auf Ihren Schlaf und auf Ihre Ernährung achten. Wir müssen die Abwehrkräfte des Körpers stärken. Wir haben schon einmal darüber gesprochen, daß Sie sich von Alkohol, Rauchen und schmutzigen, verseuchten, staubigen Orten fernhalten müssen, aber ich merke, es ist Ihnen nicht gelungen, mit dem Rauchen aufzuhören. Mir bleibt nichts anderes übrig, als Ihnen zu sagen: Das müssen Sie wissen. Aber gehen Sie nicht schwimmen, auf keinen Fall, gehen Sie nicht ins Wasser, bleiben Sie nicht lange in der Sonne. Das alles wissen Sie bereits, nicht wahr?«

Wörter wie »Körper« und »Auge« benutzt er immer in der dritten Person, als ginge es nicht um mein Auge, um meinen Körper, sondern um einen abstrakten Begriff. Er ignoriert es, daß mir mein Auge etwas anderes bedeutet als die zwölf Milliarden Augen auf der Erde.

»Und dann, wie soll ich's sagen, schauen Sie nicht so traurig. Sie wirken sehr deprimiert, Sie haben sich etwas zu viele Gedanken gemacht. Schließlich ist die Wahrscheinlichkeit, daß Sie blind werden, praktisch gleich null.«

»Fürs Erste.«

Er lächelt wie nach einer Niederlage. Junge Menschen lächeln immer, wenn sie ertappt werden.

»Dieses Wort habe ich vorhin nur um des wissenschaftlichen Zweifels willen gesagt. Seien Sie beruhigt. Es gibt im Leben viel fürchterlichere Dinge, glauben Sie mir.«

Ich nicke folgsam.

»Natürlich. Bestimmt.«

»Sehen Sie, eine Patientin von mir, erst zweiundzwanzig, hat letzte Woche erfahren, daß sie Blutkrebs hat, sie wird höchstens noch drei Jahre leben, sie wird sterben, bevor sie Ihr Alter erreicht hat.«

»Wie furchtbar«, sage ich.

Aber ihr Tod ist ihr eigener Tod, ich kann doch die Leiche einer anderen nicht zwischen mich und mein verlorenes Auge stellen.

»Sie haben tatsächlich recht«, fahre ich fort, immer noch fügsam nickend, »es gibt so fürchterliche Dinge im Leben!«

Ich bin in einem Café mit kleinen Korbstühlen und weißen Kunststofftischen. Ich mag solche einfachen, bescheidenen Orte, die einen nicht gleich an der Türschwelle entmutigen. Am Nachbartisch hat sich ein Paar, noch unter zwanzig, in ein Gespräch vertieft.

»Du kannst dein Leben lang nicht glücklich sein«, sagt der Junge dem Mädchen.

»Warum?« fragt das Mädchen. In ihrer Stimme schwingt weder Auflehnung mit noch Verblüffung. Sie vertraut ihm zu sehr.

»Denn du fügst dich nicht der Regel.«

»Was für eine Regel?«

Jetzt bin ich ganz Ohr. Endlich werde ich auch das Geheimnis erfahren. Ich habe so ein Gefühl, als würde dieser altkluge, sommersprossige Junge auch mein seit Jahren währendes Problem, nicht glücklich sein zu können, auf einen Schlag lösen.

»Die H.P.T.-Regel. Wir haben schon mal darüber gesprochen.«

Um mein Lachen zu verbergen, mein Lachen, das mir so sehr ähnelt, kaum vorhanden, schwächlich, zaghaft, beuge ich mich über meinen Milchkaffee. Jetzt werde ich bestimmt zehn Jahre darüber nachdenken, es wird kein Kinderspiel sein, herauszufinden, wofür »H«, »P« und »T« stehen. Hätte ich etwas mehr Zivilcourage, ich würde aufstehen, mein Notizbuch, das vom vielen Tragen in der Tasche seine Form verloren hat und meinen korpulenten, hochmütigen Füller, dessen Tinte gerade dann ausgeht, wenn ich ihn brauche, herausholen und mich auf den Nachbartisch stürzen.

»Es tut mir leid, verzeihen Sie mir die Unhöflichkeit, aber ich sterbe vor Neugier. Könnten Sie mir, wenn es Ihnen nichts ausmacht, die H.P.T.-Regel erläutern?«

Auf einmal bekomme ich gute Laune, fast tanzend gehe ich auf die Toilette. Mein Gesicht im Spiegel hört gar nicht auf zu lachen.

Der freigiebigste aller Götter, der Gott der Zufälle, schickt mir die junge Frau auf die Toilette hinterher. Ihr Gesicht ist völlig aufgelöst, wie von einer Patientin, bei der gerade eben Leukämie diagnostiziert wurde. Nun, es ist wirklich nicht leicht, sie versucht mit der Tatsache klarzukommen, daß sie ihr Leben lang nicht glücklich sein kann. Ich bin mir sicher, es wird ihr nicht gelingen, sich der H.P.T.-Regel zu fügen.

Fast hätte die einäugige Kassandra sie am Arm gepackt und ihr gesagt:

»Hör zu, meine Schöne, nimm ihn bitte nicht ernst. Wenn sich ein Mann vor dir breitmacht und in einem Ton, als wärst du nicht einmal seine Rippe wert, sich anmaßt, dich zu belehren, über dich, über deine Vergangenheit und Zukunft, darüber, was du bist und was du nie werden kannst, dann höre ihm auf keinen Fall zu. Wenn er dir sagt, deine Hüften sind zu fett, deine Brüste hängen, deine Augen sind immer schläfrig, dein Kopf arbeitet nicht wirklich schnell, wenn er deinen Literaturgeschmack banal findet, wenn er deine Masterarbeit oder deine ersten unbeholfenen Gedichte oder Kompositionen heimlich belächelt, dann verlaß ihn auf der Stelle. Und wenn er sogar noch behauptet, daß du niemals glücklich werden kannst, dann ist er ein niederträchtiger Hochstapler, er verdient eine Faust auf seine Nase.«

All dies habe ich natürlich nicht gesagt, sie muß es selbst lernen. Sie muß es und leider wird sie es auch lernen. Noch lange Jahre wird sie an Tischen, in Konferenzen, in Tafelrunden sitzen, wo immer die Männer die Tagesordnung bestimmen, wie Rosen wird sie ihr Lächeln zu allen Seiten hin streuen; sie wird erleben, wie solche, die für ihren Körper zu jeder Verrücktheit bereit schienen, von einem Lidschlag zum anderen den gleichen Körper verachten, wie sie ihn auseinandernehmen; nur weil sie nicht genügend aggressiv und rechthaberisch ist, wird sie für dumm gehalten und sofort ad acta gelegt; ihre Fähigkeiten werden, noch während sie Knospen sind, brutal zertreten; jedesmal, wenn sie das Wort »Liebe« flüstert, wird sie spöttische Gesichter um sich herum sehen. In die Kaste der Frauen, in die man sich verliebt, in jene Kaste, die ihr in Filmen, auf Werbetafeln, in den Romanen des neunzehnten Jahrhunderts immer wieder begegnet, wird sie nicht eintreten können, sogar die Eignungsprüfung, die selbst die ehemaligen Freundinnen ihrer Geliebten mühelos bestanden hatten und deren Regeln sich fortwährend ändern, wird sie, wie sehr sie sich auch bemüht, nicht bestehen.

Nur unter einer einzigen Voraussetzung hat sie eine Aussicht, zu überleben. Sie muß jeden Tag in den Spiegel schauen und sich selbst immer wieder, wenn auch spöttisch, wenn auch mit Tränen in den Augen, sagen, daß sie ein unter häßliche Enten geratener Schwan ist. Jeder Mensch auf der Erde ist ein unter häßliche Enten geratener Schwan.

Wenn eine einäugige Frau von Schwänen, von Schönheit und sogar vom Glück spricht – gibt es denn etwas, was einem mehr das Herz bricht?

Wenn sie von der Liebe spricht.

Und jetzt ist er dran. Der Zeitpunkt ist gekommen, daß Streichinstrumente in der Hintergrundmusik aufspielen. Die Sonne wird zwischen den Wolken hindurch strahlen, Äste werden Blüten treiben, die Welt wird sich mit Rosengärten und lachenden Gesichtern füllen. Die Sonnenblumen in meinem Herzen haben bereits ihre Blütenblätter geöffnet und sich der Sonne zugewandt.

EINE LIEBESGESCHICHTE

Liebe hat für mich seit langer Zeit einen einzigen Namen: Sergio. Sein Name hat alle anderen, die ich ihr früher gegeben habe, ausgelöscht. Sergio kam meistens nachts, wir aßen verspätet zu abend. Wein und Tabak begleiteten das Essen, bei denen Blicke und Schweigen beredsamer waren als Worte, Gefühle sich leise regten und zitterten wie leichte Wellen auf einer Wasseroberfläche. Dann fing die wirkliche Nacht an, die Nacht, die nur für uns beide bestimmt war. Wir stellten den Wecker auf sieben, aber als er klingelte, waren wir oft noch wach.

Ich hätte die Nächte seines Lebens ausgefüllt, so hat er es gesagt, früher seien sie leere Handschuhe gewesen. Bloß eine Form ohne Inhalt, eine Ansammlung von Wasser, dem es nie gelang, zum Ozean zu werden.

Sergio hatte eine Welt aus roten Rosen, aus Poesie, aus freudigen Liedern. Eine Welt in den Farben des Regenbogens, voller Hoffnung, zu jeder Jahreszeit erfüllt von Sonnenaufgängen, Knospen, dem Duft der Wiesen ... Ich fand sein Lächeln etwas aufgesetzt, etwas übertrieben, aber ehrlich gesagt, es weichte die Krusten meines Herzens auf. Er war ein unverbesserlicher Glücksjäger.

Sergio war auch fremd in diesem Land, ein Spanier mit ein wenig arabischem Blut, aber seine Fremdheit erlebte er als Gast; die geizige Gastfreundschaft Europas nutzte er aus, so gut er nur konnte. Mit dem Leben gingen wir genauso um wie mit unserer Migration. Er war sich seiner begrenzten Zeit in dieser Welt jeden Augenblick bewußt, versuchte, den Lebenssaft Schluck für Schluck bis zum letzten Tropfen zu trinken. Ich dagegen suchte Zuflucht in der Dunkelheit wie eine ängstliche Wildkatze, die es weit weg von ihrem Wald verschlagen hatte. Ich war eine Vertriebene für alle Zeiten und er für alle Zeiten ein Reisender. Ich streunte einsam herum wie ein Straßenhund. Ich wirkte zwar streng, verteidigte meine Freiheit mit Zähnen und Klauen und war von einer Schale umgeben wie eine Nuß, aber wenn mir jemand nur ein wenig Zärtlichkeit anbot, war ich bereit, seine Dienerin, seine Sklavin zu werden. Sergio war genau das Gegenteil, er konnte sich verlieben, konnte in Leidenschaft entflammen, konnte sich unsterblich an jemanden binden, aber sein Wesen glitt ihm nie aus den Händen.

Er schaute mich immer etwas gekränkt, etwas melancholisch und auch etwas spöttisch an, so, als wäre ich eine antike Schatulle ohne Griff, die ihn hilflos dastehen läßt, weil er nicht weiß, wo er sie anfassen soll. Er sprach gerne; er erzählte lustige, rührende, alltägliche Geschichten. Über sein kleines Dorf bei Sevilla, seinen ersten Hund, den Unfall, nach dem er mit acht Jahren achtzehn Nähte in seinen Arm bekam, seine zwei kalten Winter in Oslo, Städte, die er gesehen, Frauen, die er geliebt hat, seine Frau, die an Blutkrebs starb, den Schwarzwald, wo er an Wochenenden gezeltet hat … Auch von seinem Großvater sprach er oft. Dieser fünfundneunzigjährige alte Hase, der den gleichen Namen trug wie er selbst, mit einem schnurgeraden Rücken, unbesiegbar, könne außerhalb seines Dorfes nicht länger als zwei Tage übernachten. Er hasse große Städte, das Reisen, das Telefon und alle Weine, die er nicht selbst hergestellt habe. Sein Leben lang habe er nur eine einzige Frau geliebt. Während der fünfundsechzig Jahre ihrer Ehe habe er Sergios Großmutter jeden Frühling einen Strauß von den ersten Blumen des Jahres geschenkt. Er sei dann immer im Morgengrauen aufgestanden und habe allen Bäumen im Garten, die Knospen getrieben haben, ein kleines Ästchen entnommen. Fünfundsechzig Jahre lang habe seine Frau die ersten Blüten des Frühlings nicht an den Bäumen, sondern immer am Kopfende ihres Bettes erblickt. Es ist leicht gesagt, fünfundsechzig Frühlinge! Sollte der Tag kommen, an dem ich alles über Sergio vergesse, wird diese Geschichte über die Frühlingszweige immer in meinem Gedächtnis bleiben. So, wie ich jeden Mai meinem Körper ganz ohne mein Zutun näherkomme, wird auch der Baum, den Sergio in meinem Herzen gepflanzt hat, von selbst aufleben und mir einen Strauß schenken.

Er sagte mir, mein Lächeln sei wie eine Aufforderung zum Duell. Die magische Anziehungskraft, die ich auf ihn ausübe, sei ein Nimbus der Tragödie, den ich ständig über meinem Kopf trage. »Eine Frau, die immer schwarz gekleidet ist, schlank, nervös, mit zitternden Händen, mit hervorstehenden Backenknochen. Ein Gesicht wie bei den Orientalen, geheimnisvolle graue Augen ...« Wenn wir uns liebten, sei ich dann wieder ganz anders; schon beim ersten Mal habe er gespürt, daß diese Trauerkleider, diese schrecklichen Erinnerungen, die strengen, schmerzvollen Blicke nicht mein wahres Wesen seien. »Du bist wie ein Kind, genauso rein, natürlich, unkompliziert. Unschuldig. Ich habe gemerkt, du bist nie erwachsen geworden. Du brauchst vierundzwanzig Stunden lang Zärtlichkeit und Zuneigung. Du kannst dir noch so viel Mühe geben, meine Schöne, das kannst du vor uns Männern nicht verbergen.«

Meistens bin ich mit den Märchen, die Männer über mich erfinden, zufrieden; den kräftezehrenden und enttäuschenden Versuch, sie auf ihren Wahrheitsgehalt hin zu untersuchen, unternehme ich nicht einmal. Ohnehin werden sie nicht mich, sondern ein Bild lieben, verurteilen, verachten, verlassen, das sie selbst geschaffen haben, sie werden sich in dieses Bild verlieben und ihm gleichzeitig den Krieg erklären. Nur, unweigerlich werfen diese Bilder ihren Widerschein auf mich zurück und ich mühe mich mit aller Kraft ab, um mich in diesen Schein zu verwandeln. Seltsamerweise gelingt mir das meistens.

Auch wenn ich wußte, daß sie ehrlich gemeint waren, spürte ich bei Sergios Liebesworten, bewundernden Blicken, seinen Berührungen, die mich mit einer solchen Lust erfüllten, wie ich sie bis dahin bei keinem Streicheln empfunden hatte, immer auch den Stolz eines Mannes, der von seinem Sieg in diesem Kampf überzeugt war. Wie auch in meinen früheren Beziehungen. Paß auf, meine Schöne, du warst so streng und grausam, du warst die Neunmalkluge par excellence, aber siehst du, ich habe dein Vertrauen gewonnen, ich habe dich gezähmt und mein Lohn dafür ist dieses Kätzchen, das auf meinem Schoß schnurrt. Und nun, Sergio, gib mir, was du mir zu geben hast; ich war schon längst einverstanden. Denn ich wollte die Freude entdecken, zu vertrauen, der Liebe zu gehorchen, mich der Leidenschaft bedingungslos zu ergeben und das alles nur im Namen der Liebe tun zu können, ohne etwas dafür zu erwarten und sogar ohne vom Glück zu träumen; ein weiteres Mal wollte ich diese Freude entdecken, wiederentdecken. Eine solche Selbsthingabe kann nur uns Frauen gelingen. Auch wenn das als Niederlage bewertet wird, ist sie eigentlich ein trauriger Sieg.

Während ich mit Sergio zusammen war, bin ich nicht glücklich gewesen, aber ich war, und das bedeutet mehr, lebendig, ich konnte atmen. Ich wurde verwandelt, gereinigt, geheiligt, veredelt. Er war meine Nabelschnur zur Welt und auch mein geheimes Tor zur Vergangenheit. Dank der Geschichten, die ich ihm erzählte, hatte ich meine Kindheit, Istanbul, den Boden meiner Wurzeln wieder fassen können, gerade als sie mir zu entgleiten drohten. Ich hatte eine Galerie, überfüllt mit Bildern aus dem Land der Vergangenheit, bedächtig durchschritten, Erinnerungen, Gesichter, Augenblicke wieder und wieder betrachtet. Das war Magie. Es war rein, ungetrübt und schön. Aber eines Tages ging Sergio fort und jetzt ist die Welt feindlicher und kälter denn je. Die Wirklichkeit hat mich ein weiteres Mal zerdrückt und verraten. War es mir damals, als ich mit ihm zusammen war, gelungen, mich dem Leben einen Schritt zu nähern? Ich glaube nicht. Eine Liebe kann ich erst erleben, wenn ich sie verloren habe; die Leidenschaft kann ich nur lernen, wenn ich auch ihre Schmerzen kennengelernt habe, das ist mir klargeworden.

Was auch immer geschehen mag, nichts, aber auch gar nichts kann diese ersten Augenblicke ersetzen. Körper, die sich zum ersten Mal vereinigen und unversehens in die Leidenschaft fliehen… So natürlich und so freudig wie das Ineinanderfließen von zwei Flüssen. Die Körper sprechen, als hätten sie ein Leben lang nur auf diesen Augenblick gewartet, und alles auf der Erde schweigt und hört zu. Vergessen sind die Einsamkeiten, die Wunden verbunden; ein lebendiges Wesen, das in dieser gefährlichen, chaotischen, sinnlosen Welt zu überleben versucht, sucht Zuflucht bei einem anderen Wesen, erreicht eine vergängliche Geborgenheit, ein falsches Paradies. Auf einmal hört dieser Mensch die Musik des Lebens in ihrer unglaublichen Schönheit. Und er begreift, daß diese Musik schon immer da war. Aber er hat nie innegehalten, ihr noch nie gelauscht.

Es waren genau zwei Wochen her, seitdem Sergio gegangen war. Am Abend jenes Tages, an dem mein Auge bandagiert wurde, bestanden ein paar Kollegen von meinem damaligen Arbeitsplatz darauf, daß ich mit ihnen essen gehe, damit ich den Abend nicht allein verbringe und nicht tiefer in Depressionen verfalle. Mir ging es elend; ich wand mich in furchtbaren, unerträglichen, zum Wahnsinn treibenden Schmerzen. Mein linkes Auge brannte, als würde man auf ihm eine Zigarette nach der anderen ausdrücken. Es trieb unablässig schmutzige, eiternde Säfte hervor, und weil die durchnäßten Bandagen diese eigenartig riechenden Tränen nicht mehr auffangen konnten, rannen gelbe Bäche auf mein Kinn herunter. Meine Tischnachbarn gaben sich übermenschliche Mühe, ihren Ekel zu verbergen. Schon an jenem ersten Tag hatte mir der Arzt Alkohol und Zigaretten verboten. Und daß ich lese, schreibe, fernsehe, mich in der Sonne aufhalte oder ins Kino gehe, kam überhaupt nicht in Frage. Ich fühlte mich wie eingesperrt in einer Einzelzelle, die gerade mal so groß war, daß ich mich darin rühren konnte, und begriff zum ersten Mal, wie schwer es ist, mit aller Kraft nur in sich selbst Unterschlupf zu suchen. Hinzu kam der Schmerz, der nicht nachlassen wollte, nicht einmal für einen Atemzug, und meinem Bewußtsein einen Schwerthieb nach dem anderen versetzte. Jetzt war mir nur dieser körperliche Schmerz geblieben, an dessen Existenz ich nicht zweifelte. Um nicht gänzlich dieser Welt zu entgleiten, mußte ich mich an jedem Krümel der Wirklichkeit festhalten, also an Abendessen und Menschen, die an meiner Seite Belanglosigkeiten plauderten.

In unserer sechsköpfigen internationalen Gruppe war die zweite Frau neben mir, Maria, zugleich der einzige Mensch, mit dem ich in Genf Freundschaft schließen konnte. Maria war eine intelligente, ausgesprochen reizende, ehrgeizige Frau. Sie war an unserem Arbeitsplatz berühmt für ihre Feurigkeit, ihre Flirts und ihre Schlagfertigkeit. Wir waren unterschiedlich wie Tag und Nacht; so beschwingt, mutig und voller Lebensfreude sie war, genauso verschlossen, düster und scheu war ich. Maria hatte, wie an jedem Freitagabend, wieder zu viel getrunken. Nun flirtete sie mit allen vier Männern am Tisch gleichzeitig. Und sie war meisterhaft darin, eine Virtuosin der Verführung. Ohnehin verwandelte sie sich von Kopf bis Fuß in der Gegenwart des anderen Geschlechts. Ihr Englisch färbte sich zum Beispiel mit einem tieferen, charmanteren spanischen Akzent, ihr Lächeln wurde vielsagender, geheimnisvoller, ihre Blicke spien Flammen, die aber alles andere als beängstigend waren. Zu Beginn des Abends, unmittelbar nach dem Eintreffen ihrer Suppe, hatte sie zu ihrem Löffel gegriffen, so, als würde sie die Hand nach den Tasten eines Klaviers ausstrecken, ihn in die Schüssel versenkt und mit einer Geste, die weniger einem Pusten und eher einem Kuß ähnelte, an die Lippen geführt. Nach dem ersten Schluck bot sie allen am Tisch – ich nicht ausgenommen – mit ihrer eigenen zarten Hand einen Löffel Suppe an. Diese Suppe (die zu allem Überfluß eine Kartoffelsuppe mit Gemüse war!) sei wie ihre Heimat, verkündete sie, heiß und würzig. Einer unserer Schwätzer stürzte sich natürlich sofort darauf und erklärte, er finde spanische Frauen heiß und würzig. Flugs war das Gespräch bei der Sexualität gelandet und eine Diskussion über Wärme und Kälte, vorgetäuschte und echte Orgasmen war entbrannt. Maria verwandelte sich, ehe sie ihre Suppe aufgegessen hatte, in eine verträumte Gazelle, Hauptbeute einer unbarmherzigen Hetzjagd. Jetzt saßen sie sogar anders, ihre ganze Haltung hatte sich verändert, die Männer hatten, wie durch ein Wunder, breitere Schultern bekommen, waren größer, männlicher geworden. Sie plusterten sich auf wie Pfaue. Sie leerten ihre Gläser in einem Zug, legten, um Maria anfassen zu können, Nummern an den Tag, die selbst dem gewieftesten Karatekämpfer die Spucke rauben würde, und während dieses Gerangels stieß einer die Weinflasche um. Weil sie danach trachteten, gleichzeitig intelligent, sensibel und interessant zu wirken, hatte sich das Niveau ihrer Witze inzwischen ziemlich weit gesenkt. Als Maria irgendwann die Toilette aufsuchte, folgte ihr der schnellste unter ihnen, und als sie mit blutrot angelaufenen, aufgeweichten Gesichtern zurückkehrten, war der oberste Knopf ihrer Bluse offen.

Ich wiederum hatte es klar und deutlich abgelehnt, mich an diesem Spiel zu beteiligen; mit diesem verwundeten Auge war die Wahrscheinlichkeit einer Konkurrenz meinerseits ohnehin gleich null. Mit versiegeltem Mund saß ich da und zog ein langes Gesicht, wischte immer wieder die Flüssigkeit von meinen Wangen ab und spielte mit den Salatblättern auf meinem Teller. Als mir klar wurde, daß ich es nicht länger aushalten würde, entschuldigte ich mich bei der Tischgesellschaft, die mich eh schon längst vergessen hatte. Alle vier Männer hatten Autos, aber trotz meiner hilfsbedürftigen Lage bot niemand an, mich nach Hause zu fahren. Die spanische Schönheit würde auf jeden Fall mit einem von ihnen ins Bett gehen, davon waren sie überzeugt, und keiner war so dumm, die wertvollen Minuten, in denen das Ergebnis des Wettrennens entschieden werden und die Goldmedaille ihren Besitzer finden würde, zu versäumen, nur um einer kranken Frau zu helfen. Selbst Maria war überrascht, sie bestand aufrichtig darauf, daß ich nach Hause gefahren werde. Und ich mußte um der Höflichkeit willen verkünden, daß ich an die frische Luft möchte und wie gut die kühle Genfer Nacht meinem Auge bekommen würde. Mit dem Lügen trieb ich es so weit, daß ich sogar hinzufügte, ich würde vor Neugier platzen, zu entdecken, wie Genf aus nur einem Auge aussieht.

Ich hatte es geschafft, an meine eigene Lüge zu glauben; noch bevor ich die Tür erreichte, brannte ich regelrecht darauf, eine in Dunkelheit gehüllte Stadt mit einem Auge zu betrachten. Mir würde sich eine gänzlich neue Welt eröffnen, noch von keines Menschen Fuß betreten, jungfräulich, geheimnisvoll; ich erahnte es.

Maria eilte hinter mir her, sie bot an, mir ein Taxi zu besorgen, mich sogar nach Hause zu begleiten; während ich ihren Vorschlag ungeduldig ablehnte, kritzelte ich eiligst meine neue Telefonnummer auf eine Serviette und flehte sie fast an, mich am Wochenende anzurufen. Ich hatte Angst, den Verstand zu verlieren, wenn ich diese zwei Tage voller Schmerzen, ohne Bücher, ohne Stift, ohne Zigaretten allein verbringen müßte. Maria versprach mir hoch und heilig, am nächsten Morgen gleich nach dem Aufstehen anzurufen. Wir versäumten es auch nicht, uns zwischen Tür und Angel von Frau zu Frau auszutauschen und über die Viererbande lustig zu machen. Sie würde keinen von ihnen ernst nehmen, würde per Los bestimmen, mit wem sie die Nacht verbringen werde, meinte die spanische Schönheit. Und das tat sie auch. Das war ihre Art, glaube ich, mit ihrer Einsamkeit, die mindestens genauso sehr schmerzte wie meine, klarzukommen. Schließlich hat sie, noch bevor das Essen zu Ende ging, meine Nummer verloren, wie ich später erfuhr. An jenem Wochenende rief mich niemand an, die ersten beiden Tage mit halbem Blick habe ich ganz alleine überlebt.

Als ich das Restaurant am Seeufer verließ, wußte ich, wohin ich gehen würde: in die Altstadt. Mein ruinenübersätes Innenleben konnte nur dort, in dieser monumentalen, prunkvollen, zerfallenen, unbelebten, dafür mit Geistern, Gespenstern, Erinnerungen übersäten Altstadt Ruhe finden. Dort könnte ich meine eigene Vergangenheit in ihren sicheren Käfig sperren und diese mir immer noch fremde, ferne Stadt zum ersten Mal tatsächlich betrachten. Ich hatte ein Auge verloren, mein Blick und damit auch meine Existenz waren halbiert, aber ich hatte das Gefühl, mehr in die Tiefe sehen zu können.

Ich fing an, langsam zu gehen, so, als wäre die ganze Nacht mir allein geschenkt worden. Zunächst empfand ich keine Veränderung. Ich war auf den breiten, vertrauten, gut beleuchteten Straßen zwischen dem Hügel, auf dem die Altstadt errichtet worden war und dem See, die ich mit Sergio so viele Male durchschritten hatte. Das ist das Geschäftsviertel von Genf, deswegen ist es nachts leer, man trifft keinen einzigen Menschen auf der Straße. Imposante Steinbauten, die französische Architektur des neunzehnten Jahrhunderts, das grelle Licht der Straßenlaternen, eine Synagoge, das Konservatorium, die Börse, die Zeitung Journal de Geneve, Firmen, Banken… Alle entleert, lichtlos, erdrückend. Keines von ihnen rief einen zu sich, ließ in sich eintreten, nahm sich einem an, sie waren genauso abweisend wie die Menschen. Es war, als würde ich in einem verlassenen Bühnenbild wandern, die Vorstellung war beendet, alle waren nach Hause gegangen. Die Leere beunruhigte mich einerseits, andererseits entzückte sie mich. Schritt für Schritt löste ich mich von der Wirklichkeit und wurde in die Tiefen einer Traumwelt hinabgezogen.

Es war noch keine halbe Stunde vergangen, als sich das Bühnenbild bis zur Unkenntlichkeit veränderte. Mein rechtes Auge hatte den ganzen Tag über die gesamte Last auf sich genommen, nun revoltierte es und zog sich zu einem Schlitz zusammen. Die Häuser fingen an sich zu nähern, zu entfernen, zu deformieren, die Gassen schrumpften, dehnten und verbogen sich und wanden sich wie Schlangen umeinander; die Laternen beugten sich über mich, als würden sie auf mich stürzen. Während eine neue Welt den Platz der früheren einnahm, floß alles Vertraute durch einen Spalt am Grund ab. Schließlich fing ich an, außer den unmittelbar nächsten Objekten nichts mehr zu erkennen. Ich konnte noch sehen, ich war nicht blind, aber mein Blick hatte seine Zuverlässigkeit, seine Schärfe, seine Wahrheitstreue verloren. Nichts, was ich sah, war mehr so wie früher.

Die Dunkelheit voller Bedrohungen hatte mich fest umschlungen, hatte sich in eine lauwarme, schwere, zähfließende und sichere Umgebung verwandelt, in eine Atmosphäre, in der ich endlich atmen konnte, in eine Gebärmutter. Das Licht war eine weit zurückliegende heimtückische Erinnerung, die Nacht war zu meiner Freundin geworden. Endlich hatte ich sie wirklich erkannt und erobert.

Schritte, Gassen und die Stille… Labyrinthe… Das Flüstern der Nacht, aus weiter Ferne hergetragen. Entfernte Gespräche, Stimmen, die niemandem gehören, Gelächter in den Tiefen der Finsternis, Bremsenquietschen und Hupen, Gesänge, die nur einen Moment lang erklingen, Schlüsselklappern, Damenschuhe mit spitzen Absätzen… Stimmen, die sich wie Rosenblätter zerstreuen. Ein falscher Schrei aus einem Fernseher. Ich lausche meinen Schritten, meine Herzschläge sind rhythmisch und flößen Vertrauen ein. Du-lebst, du-lebst, du-lebst…

In der Altstadt verbarg ich mich, so gut ich konnte, in der Dunkelheit, versuchte, die anderen vor meiner erschreckenden Erscheinung und mich selbst vor ihren Reaktionen zu schützen. Meine Sicht reichte kaum mehr als zwei-drei Meter weit, mein rechtes Auge war durch die ganze Anstrengung völlig erschöpft und fast so wäßrig geworden wie das andere. Ich betrachtete nur den Boden, die geheimen Schätze der Gehsteige. Autobusfahrkarten, Kippen, hier der Filter eines Joints, Hundedreck, Papiertaschentücher, leere Bierdosen ... Eine Menge Plunder, der zu einer anderen Zeit mein Interesse überhaupt nicht geweckt hätte, von dem jetzt aber jedes einzelne Stück eine Geschichte erzählte. Ich schickte mich an, das Schaufenster eines Antiquitätengeschäfts zu betrachten, aber mein Widerschein auf der Scheibe ließ mir das Blut gefrieren. Einen einzigen Atemzug lang stand mein lebendiges Auge mit meinem toten Aug in Aug, der Blick des Verschwindens und der Finsternis und der Blick der Existenz und des Lichts begegneten sich. Die beiden Augen betrachteten einander. Sofort schloß ich mein Auge.

Durch das Fenster eines Restaurants warf ich einen flüchtigen Blick hinein. Zwischen Tellern und allerlei Geschirr sah ich porzellanweiße Gesichter, die sich in würdevoller Haltung in Gespräche vertieft hatten. Nicht Menschen saßen an den Tischen, sondern Puppen. In einem blendenden Licht wiederholten sie ihre mechanischen Bewegungen; sie öffneten, schlossen und öffneten wieder ihre Münder, streckten ihre Hände zu den Speisen, Gläsern und manchmal auch zu einander aus, spannten in regelmäßigen Abständen ihre Kehlen an und schluckten; ihre Lippen zogen sich zu Linien und rundeten sich wieder. Ich setzte meinen Weg fort. Ich ging zwischen besoffenen und fröhlichen Gruppen hindurch, forderte sie mit meiner Einsamkeit heraus. Das lächerliche Liebesballett eines Paares, deren Arme und Beine ineinander verschlungen waren, verfolgte ich aus dem Augenwinkel. Ich setzte meinen Weg fort. Ich lauschte den kleinen, netten, liebenswürdigen Stimmen der Menschen, ihren weder mit Leidenschaft noch Schmerz oder Tiefe behafteten, trainierten, gezähmten, lakkierten Gelächtern. Ich setzte meinen Weg fort. Schließlich war jeder zufrieden mit seiner eigenen Einsamkeit.

Eine Gruppe aufgedrehter amerikanischer Soldaten schnitt mir den Weg ab und verlangte in einem miserablen Französisch nach der Adresse einer »richtig abgefahrenen Bar«. Noch bevor ich meinen Mund aufmachte, schrie einer auf Englisch: »Woher soll denn diese arme Frau das wissen?« Ein anderer, hundertprozentig sicher, daß ich kein Englisch verstehe, fragte, was denn mit meinem Auge passiert sei. Und ich antwortete mit einem waschechten texanischen Akzent:

»Hab mich beim Rasieren geschnitten, Yankee!«

Zu der Stunde, wenn in Istanbul der Ruf zum Morgengebet von den Minaretten hallt, hatte ich es schließlich begriffen: Die wirkliche Welt war die ihre, die Welt der Menschen, ich war diejenige, die unwirklich war. Sie atmeten, veränderten sich, taten, konstruierten, begehrten, vereinigten sich, wurden wütend, weinten, lachten schallende Gelächter, überlebten. Ich schaute zu.

Ich war eine Leere im Herzen des Lebens, außer einem Kommentar, einem Fragezeichen, einem Blick, also einem Nichts war ich gar nichts.

Seit jener Nacht wandere ich jede Nacht, ohne eine einzige auszulassen, wie der Geist einer im letzten Jahrhundert getöteten Frau, in den Straßen von Genf.

SERGIO UND MICHELLE

Sehr oft habe ich das Gefühl, Genf sei ein Traumort, ein Bühnenbild für meine nächtlichen Reisen. (»Ich mag diese Stadt nicht«, hatte Sergio gesagt, »aber sie paßt wie ein Handschuh auf meine Hand«.) Meine Entdeckungen dringen in immer tiefere Schichten vor, und da erscheint mir Istanbul realer als dieses Bühnenbild. Die Stadt der Möwen und der Bosporusdampfer lebt, wächst und stirbt sicher immer noch irgendwo auf der Welt, auch wenn ich nicht dort, in ihr drin bin. Doch mein Istanbul, das mich immer begleitet wie eine Fotografie, die man im Portemonnaie trägt, ändert sich nie. Wie Erinnerungen an eine in jungem Alter verstorbene Frau. Immerhin gelingt es mir, den Lauf der Zeit umzudrehen. Das Gedächtnis ist die einzige Kraft, die sogar Flüsse umkehren kann. Auch die Schreie der Möwen können es ... Aber in Genf sind selbst die Möwen so still.

Nichts kann man vergessen. Wenn ihre Zeit reift, steigen Erinnerungen, eine nach der anderen, aus den Tiefen des Gedächtnisses auf an die Oberfläche. Gassen, Gesichter, Wunden ... Jeder Augenblick ist irgendwo eingraviert.

Ich bin siebenundzwanzig Jahre alt und treibe mich auf den engen, steilen Straßen, den steinernen Gassen einer mitteleuropäischen Stadt herum. Eines meiner Augen ist verdeckt von Bandagen.

Früher einmal gab es überall, in jedem Schritt, Sergio. Léman war nicht mehr irgendein Fleck auf Landkarten, es war der Name des Sees, an dessen Ufern wir uns heimlich liebten. Was sich an der Jonction vereinigte, waren nicht die Flüsse, es waren unsere Lippen, die mit ungeübten Küssen einander suchten. Jeder Gehsteig an der Rhône, jede Treppenstufe, jeder Schatten, jeder Wald um Genf, jeder Gipfel war eine Erinnerung an Sergio. Als wir über diese Brücke gingen, habe ich ihm von Büyükada, von der größten der Prinzeninseln, erzählt; in dem chinesischen Restaurant an der Ecke hörte ich seine Erlebnisse in Oslo; wenn er zu mir kam, parkte er seinen Wagen immer unter dieser Platane; das rumänische Restaurant, wo wir drei Stunden lang über Cortazar diskutierten; die Telefonzelle, von der aus ich ihn angerufen habe – ich war an jenem Tag unter strömendem Regen herumgewandert, um einen Jeton zum Telefonieren zu finden –; das arabische Restaurant El Mektoub, das wir betraten, weil er dachte, es würde mich an Istanbul erinnern; Marmorbrunnen, Pfefferminztee und Lokum; das mexikanische Restaurant, wo wir bis zum Umfallen eine Tequila nach der anderen herunterkippten und »Viva Zapata!« schrien ... Wegen unserer Ungezügeltheit wurden wir auf die schweizerische Art, das heißt, auf die netteste, entschiedenste, diskreteste Art hinausgeworfen. Ein anderes Mal blieb ein Taxi auf der Rue de Berne vor uns stehen und die Insassen riefen: »Ins Hotel! Geht doch ins Hotel!«

Später ... Später ist Sergio gegangen und gleich nach ihm mein linkes Auge, von dem ich dachte, es sei für immer mein. Und da wurde Michelle geboren. Flugs erreichte sie mein Alter und begleitete mich auf meinen nächtlichen Wanderungen. Eigentlich hatte ich angefangen, ihre Geschichte zu schreiben, während ich noch mit Sergio zusammen war, aber nachdem die Liebe mein Leben auf einen Schlag, alles um sich verbrennend und in ein Blutbad verwandelnd, verlassen hatte, änderte sich auch ihre Geschichte. Nun war Michelle tatsächlich geboren.

Mit meinem erdachten Charakter, meiner Weggefährtin, meinem Kind, mit dieser schwarzhaarigen Frau, schön wie eine Puppe, sprach ich ganze Nächte lang, sie hörte mit unendlicher Geduld und Schweigsamkeit zu. Die Gassen, die ich mit Sergio unentwegt auf und ab lief, bewanderte ich mit ihr noch einmal. Sie war so schön, daß alle Blicke auf uns ruhten – auf uns geruht hätten, wenn auch andere sie sehen könnten. Sie war die Frau, in die sich jeder Mann verlieben würde. Hätte Sergio nur ein einziges Mal gelesen, was ich geschrieben habe, auch er hätte sich zweifellos in Michelle verliebt ...

In den ersten zwei Wochen, nachdem er mich verlassen

hatte, schrieb ich, mit Schmerzen, Zwangsvorstellungen, Zweifeln behaftet, ohne Atempause Sergios Geschichte. Jede Einzelheit unserer Beziehung, jedes gesprochene Wort, jede gemeinsam erlebte Sekunde versuchte ich aufzufangen und in Worte zu fassen. So kämpfte ich auf meine Weise mit der Wirklichkeit, die mich besiegt hatte, indem ich die Aufzeichnungen des Gedächtnisses neu formte. Doch am Ende setzte sich der noch unreife, rohe Schmerz durch und meine Finger konnten den Stift nicht mehr führen. Ich zerriß die Manuskripte, warf sie weg. In die gleiche fieberhafte Arbeit stürzte ich mich diesmal für die Geschichte Michelles, bemühte mich Tag und Nacht, für diese erträumte Schönheit in Genf eine Liebesgeschichte zu entwerfen. Auch das führte zu keinem Ergebnis. Farben, Empfindungen, Phantasiebilder entstanden und bekamen eine dritte Dimension, wurden lebendig. Sie waren sogar mehr mit Leben erfüllt als die Schriftstellerin, die sie erschaffen hatte. Ich kannte Michelle nicht nur besser als mich selbst, ich liebte sie auf jeden Fall viel mehr. Vielleicht war ich sogar auch ein bißchen verliebt in sie. Und dann scheiterte ich; es gelang mir nicht, für meine Traumgestalt eine Geschichte zu erfinden. Schließlich gab ich den selbstsüchtigen Versuch auf, ihr Leben an meines, an das Leben ihrer Schöpferin, zu binden. Ich nahm ihr die Handschellen ab und entließ sie auf die Straßen. Sie sollte in vollen Zügen leben. Sie war für das Leben geschaffen, aus der gleichen Substanz wie das Leben. Wie Sergio.

Jetzt, in diesem Augenblick müßte Michelle in ihrer schwarzen, seidenen Bluse mit Trägern, ihrem kurzen schwarzen Rock, ihren Stöckelschuhen, die ihren langen Beine noch mehr betonen und mit dem tätowierten Tiger auf ihrer rechten Schulter irgendwo in den Straßen von Genf sein. Mit großer Wahrscheinlichkeit ist sie in einem der Fünfsterneviertel, die ich nie betrete. Ganz sicher sitzt sie in einem brandneuen, sündhaft teuren Auto; der junge Mann neben ihr hat wohlgeformte Gesichtszüge, blaue Augen mit scharfem Blick und eine beeindruckende Art zu sprechen. Er ist wahnsinnig verliebt in Michelle und haßt sie bis aufs Blut. Du mußt aufpassen, Michelle! Das wirkliche Leben ist anders als erdachte Geschichten, es ist nicht ein wenig traurig, ein bißchen melancholisch; es ist wie Wahnsinn, voller Absurditäten, Fallen und Chaos, wie die Träume.

KAFFEEHÄUSER DER MELANCHOLIE

Kaffeehäuser der Melancholie ... Teegärten, Cafés, Teestuben für Männer, Cafeterien mit Selbstbedienung, Patisserien, Cafés mit Livemusik, Teebuden, die im Schatten einer Platane, am Rande einer Schnellstraße am Meeresufer, neben den Hauseingängen Unterschlupf gefunden haben ... Mit weißen Stühlen aus Metall und Glastischen, andere mit Korbsesseln, welche, die Blumenmuster auf ihren Tischdecken und

Filmplakate an den Wänden haben, oder solche mit Holztischen, Holzstühlen ... Ich kann die Linie meines Lebens nachzeichnen, indem ich den Spuren meiner Kaffeehäuser der Melancholie folge, so wie man die Linien und Kreise eines Spinnennetzes betrachtet, dessen Bau Jahre gedauert hat. Meine Reise fing mit den Teegärten in Kalamış an, mit ihren schmutzigen Gläsern und dem Algengeruch in der Luft. Ich war fünfzehn, hatte zum ersten Mal einen Freund, jene Herbstgeschichte endete damit, daß ich die Gelbsucht bekam. Als ich sechzehn wurde, zog ich in den Teegarten in Rumelihisarı um, unter den Akazienbäumen trank ich die ersten Biere meines Lebens. Später traten die Kaffeehäuser in Ortaköy in Erscheinung, zusammen mit den Dostojewski-Bänden und den Schachteln von Samsun-Zigaretten. Ich entdeckte den knusprigen Simit, Poğaça und den Bergtee. Das Kaffeehaus der Dealer, Diebe und Transvestiten, versteckt in einem Abhang voller Tod in Taksim, das jede Freitagnacht von der Polizei überfallen wurde ... Dort lernte ich Tavla spielen, lernte Straßenmenschen kennen, überstand Polizeiüberfälle und war über viele Jahre stolz, das einzige Mädchen zu sein, das ein solches Kaffeehaus betreten konnte. Und dann ... Dann hat sich alles geändert. Die prunkvollen Cafés in Paris, deren Ruhm durch die ganze Welt ging, die schweren, düsteren, sargähnlichen Cafés von Prag, in denen jeder sich für Kafka hält, die Cafés in Polen, die an Speisesäle in Oberschulen erinnern und nichts außer Tee und altbackenem Kuchen anbieten. An einen Keller in Danzig kann ich mich besonders gut erinnern. Ich fand dort nichts zu essen und zu trinken außer lauwarmer Coca Cola und hatte die ganze Nacht mit meinem knurrenden Magen die tätowierten Seeleute und die blonden Schönheiten des Danziger

Hafens betrachtet. Die unzähligen Gläser schwarzer Tee, Bergtee, Lindenblütentee, Kaffee, Nescafé mit und ohne Milch, Ayran, Wein, Säfte … In Begleitung von zehntausenden von Gläsern, die gefüllt und geleert wurden, habe ich mich verliebt, ans Rauchen gewöhnt, Trennungsreden gehalten und gehört, ich habe über Fellini, die Postmoderne und Dostojewski diskutiert, dummes Zeug geredet, intelligente Witze gemacht, ich habe laut gelacht, meine Augen füllten sich mit Tränen, ich habe Briefe gelesen, Gedichte, Erzählungen geschrieben, die ich später zerrissen und weggeworfen habe.

Seitdem ich von den Teegärten in Kalamış aufgebrochen bin, sind zwölf Jahre vergangen; jetzt sitze ich wieder in einem Café. Dieses Mal bin in in der Altstadt von Genf. Vor mir steht ein Nescafé mit Milch statt eines zu lange gezogenen, gallebitteren Tees. Die Porzellantassen sind tadellos sauber, niemand frißt mich mit seinen Blicken auf, die Toilette verbreitet keine unangenehmen Gerüche. Ich glaube, daß ich weder die Teegärten in Kalamış vermisse, noch das fünfzehnjährige Mädchen, das versucht, den Rauch der Zigarette einzuziehen und sich zwanghaft mit der Jungfräulichkeit beschäftigt. Wenn ich mit diesem Mädchen für zwei, drei Minuten in einer stillen Ecke sprechen könnte … Eigentlich weiß ich nicht, was ich ihr sagen sollte. Mit großer Wahrscheinlichkeit würde mir nichts Bedeutendes einfallen. Wir würden einander mißtrauisch beobachten; sie würde mein verletztes Auge anschauen und es beneidenswert finden, daß ich eine reife, erfahrene, freie Frau bin, die schon alle Schmerzen erlitten, alle Bücher gelesen hat. Und ich würde seufzend ihre Unbedarftheit, ihren Optimismus und ihre Hoffnung betrachten. Aber eines würde ich ihr auf keinen Fall sagen:

Daß sie sich eines Tages in dieses Geschöpf, das sie mit Blicken voller Bewunderung, Mitleid und Erschrecken ansieht, verwandeln wird, das würde ich ihr niemals, unter keinen Umständen, verraten.

Eine einäugige Frau ist sogar beängstigender als ein Gespenst. Weil ich von dem Schrecken, der die Menschen befällt, wenn sie mein Gesicht sehen, den plötzlich aufgerissenen Augen, den flüchtenden Blicken, den Mündern, die sich vor Angst und Ekel verziehen, genug habe, gehe ich tagsüber so wenig wie möglich hinaus. Ohnehin tut die Sonne, vor allem die blendende, erbarmungslose Sonne der Sommermonate, meinem kranken Auge zu sehr weh. Sogar mein gesundes Auge ermüdet, schrumpft und tränt, weil es zu viel Last auf sich nehmen muß. Kurz gesagt, ich kann es nicht ertragen, daß das Tageslicht so grell ist, daß es die Wahrheit unumwunden, ohne Umschweife ausspricht, sie wie eine Ohrfeige in mein Gesicht klatscht.

Damit der Glaube an die eigene Existenz nicht aussetzt, brauchen die Menschen Augen, von denen sie gesehen werden. Wahrscheinlich stelle ich mit diesem halben Blick ihre Existenz grundsätzlich in Frage. Ein einzelnes Auge ruft in ihnen den Gedanken an etwas wach, das noch unerträglicher ist als der Tod, an eine Zerrissenheit, Disharmonie, Unfertigkeit, die Aufhebung der universellen Symmetrie. Mein verlorenes Auge setzen sie an die Stelle dessen, was sie verloren haben oder noch verlieren können. Sie verwandeln es in einen Abgrund, in ihren eigenen Abgrund, von dessen Anziehungskraft sie erfaßt und in den sie sich stürzen werden. Es wird zu einer furchterregenden Grube, zu einem schwarzen Loch, das nicht einmal das Licht zurückgibt.

Statt ihnen zu verkünden: »Entweder existiert etwas oder es existiert nicht«, sage ich: »Es ist da und gleichzeitig nicht vorhanden«, und so übernehme ich die Rolle des leibhaftigen Zeugen des Verschwindens, die des verdammten Boten. Daß ein Blick die Dunkelheit, die Existenz und das Verschwinden in sich trägt, verkündet mein Auge mit einem stummen Schrei.

Bis jetzt habe ich, abgesehen von meinem jungen und besonnenen Arzt, nur zwei Menschen getroffen, die keine Angst vor meinem Auge hatten. Der erste war ein Araber, der sich im Calvin-Park eines Sonntagnachts, gegen vier Uhr früh, mir näherte. (Mit Sergio kamen wir oft in den Calvin-Park. Einmal, als wir auf einer Bank saßen und uns küßten, stachen höllische Schmerzen in meinem Bauch. Sergio nahm mich flugs auf die Arme und wollte mich bis zum Auto tragen. Er soll aufhören zu spinnen und mich sofort loslassen, ich kann schon alleine laufen, sagte ich ihm. Er lachte. »Wie hat man dir in diesem jungen Alter nur so viel Angst vor der Liebe gemacht?«, fragte er.) Der junge Araber war äußerst arm und äußerst wütend. Wir Migranten können die Wut voneinander gut erkennen. Beim Anblick der blonden Frau, die um diese Stunde im menschenleeren Park allein herumlief, war er mit der Flinkheit eines Falken losgestürzt und hatte sich mir von meiner rechten Seite her genähert. In einem schlechten Französisch sprach er obszönes Zeug. Harsch drehte ich mich so zu ihm, daß er mein linkes Auge sehen konnte, das ihm noch nicht aufgefallen war.

»Ich kann kein Französisch«, sagte ich mit meiner drohendsten Stimme.

Ich hatte gedacht, er würde Angst bekommen, fliehen; in die Dunkelheit, aus der er aufgetaucht war, zurückkehren. Er war völlig unbeeindruckt.

»Wer will denn hier reden?«, antwortete er.

Sein Mut und seine Frechheit gefielen mir zwar, aber ich wollte meinen Weg fortsetzen. Ich hatte überhaupt keine Angst vor ihm. Ohnehin habe ich Phänomene wie Dunkelheit, Überfall, gefährliche Fremde oder Vergewaltigung, vor denen Frauen konditioniert werden, Angst zu haben, nie wirklich ernst genommen. Seitdem ich einäugig geworden war, konnte mich erst recht nichts mehr aus der Ruhe bringen.

»Geh deines Weges Alter, sonst hast du gleich'n Problem«, sagte ich in einem den Cowboyfilmen entliehenen Englisch. Ich schob ihn kräftig weg und setzte langsam meinen Weg fort. Er ist mir nicht gefolgt.

Der zweite Mensch war ein kleines schwarzes Mädchen, das auf einer Rückfahrt vom Krankenhaus neben mir saß. Weil das Säubern der Wunde wie immer zu sehr wehgetan hatte, war mein Gehirn wie ausgeleert, ich hatte mich in meine Schale zurückgezogen. Das Mädchen, um die fünf Jahre alt, saß rechts von mir auf dem Schoß der Mutter und zwitscherte ohne Pause. Lange Zeit bemerkte sie meine Bandagen nicht, aber als sie ihr auffielen, konnte sie ihren Blick nicht mehr von mir abwenden. Jetzt gab sie keinen Laut mehr von sich, ihre groß aufgerissenen Augen waren ständig auf mein Gesicht geheftet. Ich aber tat so, als würde ich sie nicht sehen und vertiefte mich mit einer kalten, strengen, gefühllosen Miene, also meiner alltäglichen Maske, in den Anblick eines rosa-weißen Nackens. Und doch hatte ich sie aus dem Augenwinkel betrachtet; in ihren Blicken lagen Traurigkeit, Zärtlichkeit, Zuneigung, Güte und Liebe. Sie wollte mich heilen, mich retten, glücklich machen. Immer, wenn ich als Kind Fieber hatte, stand meine Mutter mit Watte, getränkt in Kölnisch Wasser und Essig, an meinem Bett und sah mich mit diesen Blicken an. Schließlich faßte das kleine Kind all seinen Mut und streckte auf einmal die Hand aus. Ganz sanft, fast unmerklich streichelte es meinen Arm, als würde es ein verletztes Katzenbaby berühren. Ich konnte mich ihr nicht zuwenden; warum auch immer, es gelang mir nicht; diesem unvergleichlichen Geschenk gönnte ich nicht einmal ein Lächeln. Kurz danach sind Mutter und Tochter aus dem Bus ausgestiegen und ich habe angefangen zu weinen. Dieses Weinen kam von Herzen, war voller Gefühl, wollte gar nicht mehr aufhören; mir war, als würde ich zum ersten Mal in meinem Leben weinen. Dabei hatte ich weder beim Abschied aus der Türkei, noch als Sergio gegangen war, Tränen in den Augen gehabt. Daß mein linkes Auge nicht ganz ohne Leben war, daß es wenigstens noch Tränen vergießen konnte, habe ich dank der Tropfen erfahren, die unter den Bandagen, gemischt mit Arznei und Eiter, herausrannen. Wie sehr Zärtlichkeit manchmal ausgerechnet diejenigen, die sie am meisten brauchen, in Stücke reißen kann.

DER WUNDERSAME MANDARIN

Ein alter und häßlicher Mandarin geht für eine Nacht der Lust, die er mit Geld bezahlen wird, zu einer unvorstellbar schönen Prostituierten, die jedoch ein Herz aus Stein hat. Gegen Morgen will die junge Frau es ausnutzen, daß der alte Mann in den Schlaf fällt und ruft ihre Räuberfreunde herbei. Es geschieht aber so, daß der Mandarin aus seinem Fuchsschlaf erwacht und mit aller Kraft anfängt, sich zu wehren und zu kämpfen. Die Räuber sind sowohl viele an der Zahl als auch

Meister ihres Fachs. Ohne große Mühe zwingen sie ihn in eine Ecke des Zimmers. Doch wie sehr sie auch auf ihn einschlagen, sie müssen zusehen, daß dieser schmächtige, häßliche Körper keine Wunden davonträgt, daß die tödlichen Hiebe keine Spur hinterlassen. Sie greifen zu ihren Messern, ihren Schwertern, aber selbst das schärfste Messer, das unbarmherzigste Schwert kann dem Mandarin nichts anhaben. Schließlich packt sie die Angst und sie fliehen. Die Frau, die den Kampf verfolgt hat, ist von der wundersamen Kraft des alten Mannes beeindruckt und möchte ihn noch einmal lieben, dieses Mal nur um der Liebe willen. Sie fängt an, ihn voller Bewunderung, Verlangen und Zärtlichkeit zu streicheln. Es geschieht aber so, daß mit jeder Berührung der schönen Frau eine neue Wunde am Körper des Mandarins entsteht; die Wunden des Kampfes, der Hiebe, der Messer, der Schwerter. Sie sind verborgen geblieben, bis eine Zuneigung und Zärtlichkeit von Herzen sich ihrer annimmt. Schließlich fällt der Mandarin blutüberströmt in die Arme der Frau und stirbt.

Die aus alten chinesischen Sagen entlehnte Geschichte des Balletts »Der wundersame Mandarin«, das ich irgendwann gesehen hatte, erzählte ich Sergio, gleich nach unserer ersten Liebe. Es behagte ihm nicht, was ich erzählte.

GESPRÄCHE MIT SERGIO

Weißt du, was Hoffnungslosigkeit bedeutet? Hast du schon mal den Punkt erreicht, an dem dir klar wird, daß du keine Fluchtmöglichkeit mehr hast, daß alle Ausgänge, sogar der Tod, zugesperrt sind?«

»Nein, ich glaube, ich weiß es nicht. Es hat Momente gegeben, wo ich sehr traurig war, oder empört, oder mich geschämt habe. Ich habe geliebte Menschen verloren, ich wurde verlassen, wurde beleidigt, man hat mir Unrecht getan. Aber ich weiß ehrlich gesagt nicht, was du mit Hoffnungslosigkeit meinst.«

»Bist du schon mal geschlagen worden, Sergio?«

»Ja, einmal. In der Schule sind wir mit den Francoanhängern aneinandergeraten.«

»So habe ich es eigentlich nicht gemeint. Ich meine nicht eine Prügelei, sondern daß man dich schlägt. Schläge, die dir alle Widerstandskraft rauben, daß du bereit bist, weil du den Schmerz nicht mehr aushältst, alles zu tun, dich auf die Knie zu werfen, zu flehen, dich selbst zu verraten.«

»Nein, ich hatte einfach Glück.«

»Gib's zu! Gib zu, daß das Leben schön sein kann. In diesem Augenblick ist das Leben schön, nicht wahr?«

»Ja! Ja! Ja!«

»Was ist das für ein Gefühl, mich in dir zu spüren?«

Wir sind in einem Universum aus Lust, Freude und Träumen, in dem nur wir beide Platz haben, außer uns und den sprechenden Körpern hat nichts mehr eine Wirklichkeit. Vergangenheit, Zukunft und Ängste sind weggewischt. Die Welt besteht aus meinem Körper, die Unendlichkeit ein einziger Moment. Jetzt bin ich, bin ich, bin ich. Und auch Sergio...

Ich halte meinen Atem an und lasse ihn wieder raus.

»Unglaublich«, flüstere ich.

»Was ist das für ein Gefühl? Sag's nochmal!«

»Unglaublich!«

»Wie hat man dich so sehr verletzt? Kaum hörst du das Wort Liebe, wirst du sofort von einem Strudel chaotischer Ängste erfaßt; in den Momenten, wenn sich zwei Menschen am nächsten sein müßten, schließt du dich in dich selbst ein, als würdest du in einen Abgrund stürzen; immer, wenn du eigentlich hinsehen, fordern und fragen müßtest, senkst du den Blick; wenn dein Körper ganz unverhüllt ist, steckst du deinen Kopf unter das Kissen, was ist der Grund für all das? Was hat man dir verwehrt?«

Es ist natürlich Sergio, der diese Fragen stellt. Meine Antwort besteht aus einem langen, unendlichen Schweigen.

»Warum sprichst du nie in deiner Muttersprache? Sag mir doch ein paar Sätze auf Türkisch!«

»Was kann ich denn sagen so aus heiterem Himmel? Möchtest du Ausdrücke lernen wie Hallo, Wie geht es dir, und sowas?«

»Sag mir ein Gedicht auf. Es kann irgendein Gedicht sein, mir geht es nur darum, es in deiner Sprache zu hören.«

»*O sahibinin sesi gramofonlarda çalınan şey,*
incecik melankolisiymiş yalnızlığının.
İntihar karası bir faytona binmiş giderken ablam,
kara tüllere sarılı mor bir Karadağ tabancasıyla
caddelerinden ölümler aşkı Pera'nın.«

»Ich habe nur die Melancholie verstanden. Kannst du es für mich ins Englische übersetzen?«

»Nein, kann ich nicht. Und selbst wenn ich es übersetze, kannst du es nicht verstehen.«

»Guck, bitte verzeih mir, aber ich muß dir eine Frage stellen, die mich schon lange beschäftigt.«

Ich wende mich ihm langsam zu, in der Erwartung einer Niederträchtigkeit völlig erstarrt.

»Bist du gefoltert worden?«

»Natürlich. Tausende von Malen. Jeden lieben Tag.«

»Du weißt sehr wohl, was ich meine. Also, ich weiß nicht, wie ich das aussprechen kann, ohne grob zu werden … Bitte verzeih mir, aber an deinem Geschlechtsorgan ist etwas, was wie eine Narbe aussieht. Wie ein tiefer Schnitt, eine Furche. Ich habe so etwas noch bei keiner Frau gesehen.«

Wie er darauf wartet, daß ich meinen Kopf an seine Brust lehne, in Schluchzern ersticke, in Tränen von tragischen Momenten erzähle, meine Narben seinen zärtlichen Händen anvertraue! Sein Glaube daran, daß er eine Frau, die Folter erlitten hat, tadellos lieben kann, daß die magische Kraft seiner Liebe selbst die tiefsten Wunden heilen wird, ist so unerschütterlich. Was für ein Selbstvertrauen! Er möchte aus mir eine Statue der Schmerzen machen, ein Anbetungsobjekt, vor dem er niederknien kann, um zu beichten. In diesem Augenblick hasse ich Sergio. Ich habe seine Karten gesehen, sein Spiel durchschaut.

In meinem Gehirn flattert ein stummer Schrei wie ein Vogel im Käfig, in meinem Herzen ein Cello, das Pizzicato spielt.

»Bitte, komm zurück, wohin auch immer du verschwunden bist, komm zurück! Ich werde dir nicht weh tun.«

»Ich bin hier, ich bin nirgendwohin verschwunden«, sage ich mit einer Stimme, die nach Gräbern klingt, »wohin kann ich denn verschwinden?«

»Dein Gesicht hat einen solch schrecklichen Ausdruck angenommen!«

»Du hast es bestimmt falsch gedeutet. Wenn ich gefoltert worden wäre, würde ich es dir auf jeden Fall erzählen, glaub's mir. Ich empfinde einen bösen Genuß dabei, jedem, der mir begegnet, meine Vergangenheit auszukotzen und bettele auch nicht um Zärtlichkeit als Gegenleistung. Das sind Schmerzen, Alpträume,

Tragödien, die umsonst verteilt werden ... Erbeute was du kannst, wenn der Abend über den Markt hereineinbricht.«

»Ich hoffe, eines Tages faßt du genug Vertrauen zu mir. Genug, um mir die Wahrheit zu erzählen.«

Seine Stimme verrät, daß er gekränkt und beleidigt ist. Er fährt fort:

»Wie schlimm ein Mensch auch geschlagen wird, wie sehr sein Körper oder seine Seele auch verletzt werden, er kann das Leben wieder lieben lernen. Er muß nur aufhören, seinen Kopf immer wieder gegen die gleichen Mauern zu stoßen.«

Ich glaube, er wünschte sich, mein Glück, meine Neubelebung zum heiligen Auftrag seines Lebens zu machen und sich so auf einfachem Wege freizusprechen. Aber der Wunsch, einen anderen Menschen, wenn auch aus seiner eigenen Asche, neu zu erschaffen, ist ein Verlangen nach unbegrenzter Macht, nach Gottheit. Und das ist nicht unschuldiger, als einem anderen Schmerzen oder den Tod zu wünschen. Doch vielleicht lag es auch an mir, daß ich jeden Wunsch, der sich auf andere richtet, nur als Angriff empfinden konnte. Ich wußte nicht, wie man die Grenze zwischen dem Verlangen nach Beschützen und dem nach Beherrschen ziehen sollte. Schließlich ist es ein Verbrechen, jemanden an eine Welt glauben zu lassen, die nicht existiert, auf ein Glück vorzubereiten, das nie eintreten wird, einen armen Straßenhund, der sein Leben lang Fußtritte und Steine empfangen wird, an Zärtlichkeit zu gewöhnen.

»Sergio, es ist eine Dummheit, von der Liebe mehr zu erwarten, als sie geben kann.«

»Wollen wir am See picknicken? Das Wetter ist so köstlich.«

»Tut mir leid, ich möchte gar nicht rausgehen. Ich arbeite an einer Geschichte … «

»Ich hoffe, du schreibst keine düsteren, bedrückenden, depressiven Geschichten.«

»Ich schreibe die Geschichte einer fröhlichen, glücklichen, lebenslustigen Frau, die leidenschaftlich gerne ißt und trinkt und tanzt. Während sie aus vollem Halse lacht, stirbt sie an einer verschluckten Gräte.«

Ich höre Sergio am Telefon lachen, aber es klingt keinesfalls belustigt.

»Es stimmt wirklich, daß ich von einer Frau erzähle. Sie heißt Michelle. Möchtest du der Held in einer Liebesgeschichte sein?«

»Nein«, antwortet Sergio ohne zu zögern. »Ich ziehe es vor, ein realer Mensch aus Fleisch und Blut zu sein.«

(Ich brachte es nicht fertig, es dir an jenem Tag zu sagen, aber eigentlich würde ich gerne für dich eine Geschichte schreiben, Sergio. Ich hätte dir gerne Worte gesagt, die noch nie ausgesprochen wurden, Geschichten erzählt, die noch nie erzählt wurden, dir eine Welt gezeigt, die noch nicht entdeckt wurde. Doch nur Musik kann wirklich von Liebe sprechen. Von Liebe und vom Tod … Das, was die Wörter nicht erreichen, kann sie berühren.)

Auf den farbenschimmernden, hellen, warmen Stränden von Sergios Traumwelt liege ich, die Arme weit ausgebreitet, ganz nackt.

»Warum bist du so still? Sprich mit mir. Sag doch etwas!«

Mir fällt nichts, aber auch gar nichts ein. Wenn ich Liebe

mache, kann ich nicht reden. Verzweifelt, brav, fast liebenswürdig gehorchend frage ich:

»Was willst du denn von mir hören?«

Es scheint ihn zu verärgern, daß ich so gehemmt und mutlos bin:

»Wer bin ich? Sag doch wenigstens das. Wer bin ich?« Wahrscheinlich ist die Frage nicht im philosophischen Sinne gemeint, trotzdem bringt sie mich durcheinander. Mein Schweigen wird nur durch Atemgeräusche durchbrochen.

»Sag meinen Namen!«

»Sergio.«

»Sag's nochmal!«

»Sergio.«

»Nochmal, sag's nochmal.«

»Sergio! Sergio! Sergio!«

Auf einmal höre ich meine eigenen Schreie und dann, fast gleichzeitig, seine.

Sergio! Sechs Buchstaben, in einem Atemzug gesagt. Ein Wort der Selbsthingabe, des Sichverlierens, des Rausches. Ein Wort, das seit jenem Tag immer, wenn ich es höre, meine Lenden erzittern läßt. Der goldene Schlüssel von Glück, Aufregung, Verlangen und Lust.

»Gib's zu. Gib zu, daß das Leben schön sein kann. In diesem Augenblick ist das Leben schön, nicht wahr?«

»Ja! Ja! Ja!«

»Was ist das für ein Gefühl, mich in dir zu spüren?«

»Unglaublich«, flüstere ich.

»Was ist das für ein Gefühl? Sag's nochmal!«
»Unglaublich!«
»Was ist das für ein Gefühl? Sag's nochmal!«
»Es ist wie, wie... Wie sterben!«

DAS SERBISCHE RESTAURANT UND MICHELLE

In einem Café sitzen und schreiben ... Schreiben in der Angst, man könnte meinen, ich würde nur einer veralteten Tätigkeit nacheifern. Schreiben, fast beschämt, mit etwas Auflehnung und etwas Entfremdung. Die weiße Fläche, die ich in Eile ausfülle, wie um zu beweisen, daß ich nicht versuche, anzugeben, wenn ich Papier und Stift auf den Tisch lege; unleserlich gekritzelte Buchstaben; aufmüpfige Sätze, die sich weigern, sich in die Reihen zu fügen. Mein arbeitsscheuer, sich zierender Füller, den ich fest zwischen meinen verschwitzten Fingern halte. Die von blauen Glasperlen durchsetzten Wildlederkordeln meines Indianerarmbands, schlangengleich sich windende Linien, zierliche Flüsse der Amazonen. Die Zigarette, die im Aschenbecher vor sich hin stirbt …

Zur kältesten Nachtstunde sitze ich allein in einem Café und schreibe, schreibe, schreibe, ohne den Blick zu heben. Gläserweise trinke ich Tee mit Milch, rauche eine Zigarette nach der anderen. Um einigermaßen mit meiner Einsamkeit fertig zu werden, schreibe ich unter dem wachsenden Schatten des Todes.

Ich sitze bei NADJA, wo im hinteren Bereich Köfte und Kartoffelsalat bis zum Bosnienkrieg als jugoslawische Speisen verkauft wurden und heute zu bosnischen Speisen geworden sind. Das Restaurant schließt um zehn, aber das Café hat bis vier Uhr früh auf. Sofern ich weiß, ist dies das einzige Café in Genf, das Stammkunden hat und an die »Intellektuellenbars« in Istanbul erinnert. Auch wenn Genf seit Rousseau unzählige Intellektuelle beherbergt hat, auf seinen Straßen von Nabokov bis Jung, von Hesse bis Lenin wer weiß wer alles vorbeigezogen ist, trifft man hier kaum Schriftsteller und Künstler. Wo die Schriftsteller, Filmemacher, Maler, weltberühmten Musiker, die für internationale Festivals, Konferenzen und Ausstellungen in diese Stadt kommen, sich treffen, hätte ich wirklich gerne gewußt. Entweder kreuzen sich unsere Wege, ohne daß ich sie erkenne, oder sie sind viel wohlhabender, als ich denke, und halten sich in teuren Restaurants und in den Bars von Fünfsternehotels auf, an denen ich nicht einmal vorbeigehe.

Dieses Café hat einen weiteren Stammgast, eine weitere Nachteule neben mir. Ein Franzose mit Halstuch, immer mit seinen Bänden von Geschichtsbüchern auf dem Tisch, der bis zur Schließung des Cafés unentwegt liest, Notizen macht und Gitanes raucht. Er mag vielleicht Dozent an der Universität von Genf sein. Diesen Mann um die vierzig, mit leicht ergrauten Haaren, aber ziemlich gutaussehend, und mich verbindet eine besondere Beziehung. Ohne auch nur unsere Namen zu kennen, verbringen wir jede Nacht Seite an Seite. Es entgeht mir nicht, daß die einäugige Frau, die ständig schreibt und kritzelt und niemals lächelt, sein Interesse weckt. Anfangs hat er mich immer lange und ausgiebig angesehen, bei jeder Gelegenheit gelächelt, sich darum gerissen, mich kennenzulernen. Wer weiß, vielleicht hat er sich ausgemalt, ich sei eine Schriftstellerin aus der Dritten Welt, die im Kampf um Demokratie eines ihrer Augen verloren hat. Ich wiederum habe mich wie eine echte türkische Frau verhalten, weggeschaut, die Mundwinkel hängen lassen, den Mann tadelnd angeguckt, und das alles natürlich nur deshalb, weil ich ihn anziehend fand. Dann sind Tage und Wochen vergangen, und unsere Augen gewöhnten sich so aneinander, daß die Notwendigkeit eines Kennenlernens sich von selbst verflüchtigte. So haben wir uns auch davor bewahrt, enttäuscht zu werden.

Michelle wurde hier, im NADJA geboren. An dem Abend, als ich mich entschloß, ihre Geschichte zu schreiben, war ich mit Sergio zusammen. Wir hatten das Abendessen gerade beendet und die Zigaretten angezündet, da betrat das interessanteste Paar, das ich je gesehen hatte, das Restaurant. Der Mann war mindestens fünfundsechzig bis siebzig, trug einen schwarzen Smoking und eine rote Nelke am Kragen, er hatte einen Geigenkasten dabei. Seine Kleidung sei fünftausend Dollar wert, meinte Sergio, der von diesen Dingen was versteht. Die Frau an seiner Seite war höchstens zweiundzwanzig oder dreiundzwanzig; fein gebaut, groß, dunkelhaarig und unglaublich schön. Auch sie war ganz in Schwarz gehüllt und trug an ihrem graziösen Seidenkleid, das bis zum Boden reichte, eine rote Nelke. Sie haben nur Wein bestellt und sich vielleicht eine halbe Stunde lang, ohne ein einziges Wort miteinander zu wechseln, gegenseitig in die Augen geschaut, während sie an ihrem Wein nippten. Anschließend packte der alte Mann seine Geige aus und, ohne den Blick von den Augen der Frau zu lösen, spielte er hintereinander Sonaten.

Auch die Augen der jungen Frau ruhten auf ihm, doch hin und wieder ließ sie beunruhigt ihren Blick über die Nachbartische schweifen und versuchte herauszufinden, ob sie zu sehr auffielen. Irgendwann trafen sich unsere Blicke, sie hob leicht ihre Augenbrauen und lächelte verlegen. Als die Zeit kam, zu der das Restaurant schließt, legte der alte Mann seine Geige in den Koffer, und im nächsten Moment verließ das geheimnisvolle Paar, wieder wortlos, das Restaurant. Völlig verblüfft fragten wir einander, ob wir geträumt hatten. In jener Nacht, noch bevor ich zu Hause angekommen war, entschloß ich mich, eine Geschichte zu schreiben. Die Liebesgeschichte einer unbeschreiblich schönen, jungen Frau.

Ich gab ihr den Namen Michelle. Ich verhielt mich nicht wie neidische Mütter, versuchte nicht, sie mir ähnlich zu gestalten. Ich schenkte ihr eine gute Körpergröße und einen sehr grazilen Körper, den geheimen Traum aller Frauen. Auch das nötige Selbstvertrauen, um diesen Körper zu tragen, ihn stolz überall vorzuführen und zur wirksamsten, traurigsten oder vulgärsten

Waffe zu machen, habe ich ihr nicht vorenthalten. Ich sorgte dafür, daß sogar die blindesten Augen ihre feinen, wohlgeformten Hüften sehen, wenn sie auf ihren langen Ballerinabeinen leicht schwingend und ähnlich einem Spatz, der sich jeden Augenblick in die Lüfte erheben wird, hüpfend läuft. Michelle läuft immer so, als würde sie die Welt herausfordern, sie ist zwar nicht mutig, aber hemmungslos, kühn, unbekümmert. Sie glaubt, sie hätte keine Angst vor dem Tod, vor der Einsamkeit, vor dem Altwerden. Aber eigentlich hat sie überhaupt keine Vorstellung von alledem. Was ihr die Bücher, die sie las, die Musik, die sie hörte, die Filme, die sie sah, gegeben haben, taugt leider nicht viel, wenn es um solche grundlegenden Fragen geht. Sie ist noch jung genug, um einen Monat vor ihrem Geburtstag anzufangen, die Tage zu zählen, hat andererseits schon das Alter erreicht, in dem man das Wort Liebe nicht mehr mit einem sarkastischen Lächeln aussprechen kann. Was Männer angeht, hat sie relativ Glück gehabt, immerhin ist sie eine reizende Frau, trotzdem erreichte keine Beziehung die Vollkommenheit, die sie sich wünschte. Über die, die sie nicht erobern konnte, macht sie sich nicht groß Gedanken, in jede neue Beziehung stürzt sie sich wagemutig, ohne zu zögern. Allein zu leben gelingt Michelle zwar sehr wohl, aber wenn gerade kein Mann in sie verliebt ist, erscheint ihr die Welt abgenutzt, schwerfällig, sinnlos. Wie Sergio ist auch sie unermüdlich auf der Jagd nach Liebe und Glück.

Was sie so alles mag? Vieles. Die Alpen, den Wald, die Sonnenuntergänge und Sonnenaufgänge, Tschaikowski und Janis Joplin, Aragon, den Rotwein, Zigaretten mit weißem Filter, Freitagnachtpartys, auf denen sie sich so richtig gehenlassen kann, Bars voller interessanter Menschen, den Kaffee, exotische Länder, exotische Speisen, außergewöhnliche Liebhaber... Weil sie sich höllisch davor fürchtet, gewöhnlich zu sein, haßt sie mit aller Kraft Supermärkte, Gruppenreisen, Modezeitschriften. Um zu leugnen, daß sie wie ein Mannequin aussieht, betont sie mit Nachdruck ihre häßlichen Körperpartien, ihre zu großen Füße zum Beispiel. Sie hat eine Schwäche für Halstücher, große Ohrringe und afrikanischen Schmuck. Sie liebt es, von der Liebe, von der Unmöglichkeit, der Unwirklichkeit der Liebe zu sprechen, aber eigentlich benutzt sie das als Köder, um eine neue Liebe einzufangen.

Und dann hat sie noch lange, ungelockte, pechschwarze Haare, grünbraune Augen, die immer Fragen stellen, einladen, verlangen und ein Lachen, das an Wasserfälle erinnert. Auf der rechten Schulter trägt sie einen tätowierten Tiger, der bereit ist, sich im nächsten Augenblick auf seine Beute zu stürzen.

Ihre einzig sichtbare Gemeinsamkeit mit mir besteht darin, daß sie immer Schwarz trägt.

IN DER LEERE DES VERLORENEN AUGES

Es war vor sechs Jahren, glaube ich. An einem regnerischen Herbstmorgen lief ich auf einer Parallelstraße zur Bahnlinie in der Nähe von Bostancı. Es war eine staubige Straße mit Bäumen, die seit der Fertigstellung der Küstenstraße fast gar nicht mehr benutzt wurde; zwischen den Häusern konnte man das Meer und die Prinzeninseln sehen. Ich war verliebt in den Mann, der neben mir herlief; ohnehin habe ich jederzeit und an jedem Ort jemanden gefunden, in den ich mich verlieben kann und der mich folglich leiden läßt. Wir trafen einen einbeinigen Mann, der vor einem Müllhaufen ganz aufrecht wie eine Statue stand und ohne jede Regung mit seiner ganzen Aufmerksamkeit die Blechbüchsen betrachtete. Der Mann wühlte weder im Müll noch nahm er ihn in Augenschein. Im strömenden Regen schaute er, ohne den Blick auch nur für einen Augenblick abzuwenden, so, wie man sich einen Film ansieht. Als würde er versuchen, im Abfall der Menschheit sein eigenes Spiegelbild zu entdecken …

»Er sucht sein verlorenes Bein«, hatte der neben mir gesagt.

Diesen Satz habe ich wohl irgendwann wieder vergessen. Als ich dann eines Tages in Genf, in dieser Stadt ohne Müllhalden, einem Mülleimer begegnete, den man irgendwie versäumt hatte, reinzuholen, erinnerte ich mich unverhofft an ihn. Genau wie dieser Einbeinige blieb ich regungslos stehen und schaute lange, lange hin, ein Auge verpackt in Bandagen.

In den letzten Monaten habe ich oft denselben Alptraum. In einer weißlich gelben Wüste gehe ich allein zwischen Felsen. Eine glanzlose Sonne wirkt wie aufgehängt am Himmel; mehr als an eine Sonne erinnert sie an eine Maske, sogar an eine Silbermünze, sie strahlt gar keine Wärme aus, läßt mich eher frösteln. Ich suche etwas, was ich verloren habe, aber ich habe vergessen, was es war. Die Steine, die Felsbrocken hebe ich einzeln auf, greife in Höhlen, in Gruben, suche wie besessen. Die Sonne beobachtet mich mit ihrem Maskenlochblick. Schließlich finde ich es unter einem Stein. Überwältigt von Glück nehme ich es in die Hände, halte es sanft, bestrebt, es nicht zu verletzen, zwischen meinen Fingern. Mir ist bewußt, wie zerbrechlich es ist; wenn ich nicht die nötige Sorgfalt aufbringe, werde ich es, kaum, daß ich es gefunden habe, wieder verlieren. Es ist kalt und leblos, hat aber eine unmerkliche Schwingung. Es gibt eine oder zwei Tränen von sich. Dann stirbt es mit einem stummen Schrei des Verschwindens in meiner Hand, verwandelt sich in eine steinharte silberne Münze. Ich schaue auf in den Himmel, auch die Sonne ist weggewischt und verschwunden, vielleicht ist es die tote Sonne, die ich in der Hand halte. In diesem Augenblick wird mir klar, daß das, was ich suche, unter keinem Stein ist. Es ist nirgendwo. ES EXISTIERT NICHT. Weinend wache ich auf.

Mein verlorenes Auge ist mein persönlicher Horizont, mein Gefängnis, meine Grube ohne Boden. Ein Fluch und eine Rettung zugleich.

Es ist mir klar, daß ich denen, die mir begegnen, einen Schreck einjage, wenn ich so, mit einem verlorenen Auge, draußen herumlaufe. Ich versuche herauszufinden, warum ein einäugiger Blick die Menschen so ängstigt, wo es doch so viele Katastrophen, Schmerzen, Krankheiten und Behinderungen auf der Welt gibt. Sie schauen mich an, als könnte ich mich jeden Moment in eine schwarze Hexe verwandeln und sie für vergangene oder zukünftige Sünden bestrafen. In dem Augenblick, wenn sie die Leere, die den Platz meines linken Auges eingenommen hat, die weiße Mauer statt des Lichts, die wie einen Schrei sich selbst überlassene Wunde erblicken, werden sie erschüttert, es wird ihnen schlecht, sie zweifeln an sich selbst. Oft werden die Menschen vom Blut angezogen; eine Tragödie, eine Todesstrafe, eine Hinrichtung bereitet uns einen heimlichen Genuß, so heimlich und verboten, daß wir es nicht einmal uns selbst gestehen dürfen. Aber zweigeteilt zu sein, beängstigt uns noch tiefer als das Verschwinden. Neulich hatte ich einen seltsamen, lustigen Gedanken: Falls der Mensch, statt sich zu vermehren, sich wie Bakterien in zwei Stücke teilen würde, also wenn die Teilung das Symbol für Geburt und Zukunft darstellen würde, hätte man mich wahrscheinlich zum Propheten berufen. Aber jetzt bin ich nur verflucht. Ich bin ein Symbol für Einsamkeit, fürs Alleinsein, für Leere, Dunkelheit und Spaltung. Die tiefen und unergründlichen Beziehungen zwischen Verlangen und Verlieren, Tod, Existenz und Blick trage ich nicht nur im eigenen Gesicht, sondern ich stelle sie auch ungeniert zur Schau, zwinge andere, sie zu sehen.

Neulich setzte ich mich ins serbische Restaurant und fing eine bescheidene persönliche Analyse an. In die Mitte des Papiers schrieb ich mit Großbuchstaben »AUGE« und folgte den Assoziationslinien. Es entstand das Folgende:

AUGE – Blick – Verlangen – Verlust
AUGE – Spiegel – die Anderen – Abgrund – das Nichts
AUGE – Grube – Grab – Dunkelheit
AUGE – Blindheit – Prophezeiung
AUGE – Sonne – Wüste – Leere – Einsamkeit
AUGE – Ei – Mutter – Leben
AUGE – Licht – Welt – Schmerz

Fragen wie Die Anderen, Blick, Mutter, Leben, Sexualität, Das Selbst, Sünde, Existenz und Das Nichts, die die Menschheit seit Zehntausenden von Jahren beschäftigen, sind mir plötzlich auf einem Papier in der Größe von zehn mal zehn Zentimeter begegnet; und dazu voller Gruben, Gräber, Risse, Spiegel und Abgründe. Und der Brennpunkt von allen war das AUGE. Ein verlorenes Auge.

EINE TRENNUNGSGESCHICHTE

Auf dem schmalen Pfad am Seeufer ging ich wie zu meiner eigenen Hinrichtung. Ich fror, es war ein kühler Juniabend mit Nieselregen. Wir setzten uns auf nassen Felsen nieder, er zog mich zu sich; das einzige Zeichen der Trümmer in meinem Inneren waren meine Blicke einer verwundeten Gazelle, sonst war mein Gesicht noch kühler, härter und ausdrucksloser als sonst. Kurz davor hatte er verkündet, er würde auf eine lange Reise gehen.

»Deine Fingernägel sind ja so lang. Du achtest gar nicht auf dich.«

Ich gebe keine Antwort, finde sein Interesse gespielt. Er nimmt ein Schweizermesser aus seiner Tasche heraus und fragt mich, ob er meine Fingernägel schneiden darf.

»Auf keinen Fall«, sage ich.

»Warum wehrst du dich denn dagegen? Siehst du das auch als einen Angriff auf dein Privatleben?«

»Und warum willst du einer erwachsenen Frau, die ihre eigenen Hände benutzen kann, die Fingernägel schneiden? Wahrscheinlich willst du damit andeuten, daß es ekelhaft ist, aber daß du dich trotzdem nicht vor mir ekelst.«

Meine Stimme ist scharf wie ein Messer, kalt, unbarmherzig. Als ich sie höre, friere ich noch mehr. Ständig stirbt etwas in mir.

»Das ist nur ein Ausdruck der Nähe, sonst nichts.«

»Ekelst du dich nicht?«

»Nein, es gefällt mir.«

Brav gehorchend strecke ich ihm die Hand entgegen, erlaube ihm, meine Nägel zu schneiden. Das hat bisher niemand außer meiner Mutter getan. Dann nimmt er mich auf den Schoß, ich breite meine Beine aus und umklammere seine Taille. So haben wir meistens gesessen, unsere Geschlechtsorgane aneinandergeklebt. Trotz der Eisberge in uns beiden sind wir erregt, für ein letztes Mal. Trockene Küsse, die sich nicht erwärmen wollen …

»Wir sehen uns wieder, wenn ich zurück bin.«

»Natürlich. Ich bin hier.«

Jetzt fangen also die gegenseitigen Höflichkeitslügen an. Mein Frauenstolz versucht mit aller Kraft, die Tränen zurückzuhalten. Ich könnte lieber sterben als in diesen letzten Minuten zu weinen.

»Es war sehr schön«, sagt er, »es war unglaublich, mit dir zu sein.«

Ich zähle bis zehn, um nicht zu weinen. Es gelingt mir.

»Für mich war es auch wirklich schön.«

(Eins, zwei, drei, vier... zehn. Bloß nicht, weine bloß nicht. Komm Mädchen, nimm deinen Mut zusammen. Denk an den Schwan unter den häßlichen Enten. Sei grob und verletzend, du hast den Kampf verloren, jetzt muß wenigstens der letzte Hieb von dir kommen.)

»Es ist wirklich schön mit dir im Bett«, entfährt es mir. Plötzlich bin ich so angriffslustig geworden, daß ich mich selbst nicht erkenne. Sergio stutzt.

»Ja, aber ich denke, ich habe unsere Beziehung nie auf Sexualität reduziert.«

»Natürlich, natürlich«, beeile ich mich zu sagen, versucht, ihn fest glauben zu machen, daß ich lüge. Ich lächele vielsagend.

»Aber Sexualität ist für mich das grundlegendste Thema des Lebens. Meinst du nicht auch?«

Er wird still. Er leidet ersichtlich. Wenn auch nur für ein paar Minuten, er leidet. Er hat mich wenigstens irgendwann geliebt, das steht außer Frage. Wenn ich einmal anfange zu gewinnen, verliere ich jedes Mitleid. Ich gehe jetzt ganz in meiner Rolle auf.

»Es war eine außerordentliche Sexualität, die wir erlebten. Mir war sowas noch nie begegnet.«

Wieder grinse ich. Sergio hat es die Sprache verschlagen, er möchte auf der Stelle verschwinden. Was für ein dummer Mann; er glaubt tatsächlich, daß die magere, nervöse, grauäugige Frau auf seinem Schoß eine erbarmungslose Lustjägerin ist, die Männer in ihr Bett zerrt und wieder wegwirft, nachdem sie sie ausgequetscht hat. Sogar in all dem Schmerz spüre ich den Drang, laut zu lachen. Zu lachen und gleichzeitig zu weinen … Eins, zwei, drei … zehn. Ich lächele. Er geht.

Zehn Tage, nachdem Sergio gegangen war, bin ich umgezogen. Weil ich die Ungewißheit des Wartens nicht ertrug, teilte ich meine neue Adresse und Telefonnummer niemandem mit.

In einem Abstand von zwei Wochen verschwinden zuerst Sergio und dann mein linkes Auge, von dem ich dachte, es würde mich nie verlassen. Mit ihrem Verschwinden stirbt Genf ab, verwandelt sich in eine Theaterkulisse. Äste verdorren, auf die ersten Blüten des Sommers fällt Schnee, Wälder werden zur Wüste. Erinnerungen, Worte, Gassen sind entleert; sie schrumpfen, verwelken, verwandeln sich in Skelette. Farben und Linien des Lebens sind verwischt. Was mir bleibt, sind nur Geschichten und Michelle. Und natürlich auch das Istanbulbild auf der Flasche Kölnisch Wasser.

Sergio ist gegangen, und die Leidenschaft in mir sterben zu lassen, wurde so leicht und so unmöglich, wie einen Vogel zu töten.

DIE BRÜCKE

An der Stelle, wo der Lac Léman und die Rhône aufeinandertreffen, bin ich auf einer der kleinen Brücken. Es sind die letzten Stunden der Nacht. Die Dunkelheit, im Bewußtsein, daß sie bald ihre Macht verlieren wird, drängt sich mit aller Kraft auf. Die Welt ist kalt, glanzlos, voller Mysterien. Ich laufe über eine Brücke, ich bin siebenundzwanzig Jahre alt, eines meiner Augen fehlt.

Still, erfüllt von innerer Ruhe, verschmelzend mit der Nacht laufe ich. Mein erschöpftes, gänzlich zusammengezogenes rechtes Auge habe ich zugemacht, um ihm etwas Ruhe zu gönnen. Trotzdem gewährt das Augenlid dem Licht Eintritt. Wenn ich mich einer Straßenlaterne nähere, nimmt das Licht Schritt für Schritt zu, zerreißt dann wie ein Blitz die Dunkelheit, verliert wieder die Kraft, verschwindet. Wieder pechschwarze Finsternis, wieder das zunehmende Licht, eine weitere Laterne... In diesem Moment besteht mein Universum nur aus Ebbe und Flut des Lichts und aus Geräuschen. Die Welt hat es nicht mehr nötig, in meinen Augen zu existieren. Die Dinge können in meiner Wahrnehmung nur entsprechend den Lauten, die sie von sich geben, einen Platz einnehmen, genauso wie Menschen entsprechend den Spuren, die sie in meiner Vergangenheit hinterließen. Ich fühle mich so fließend wie Licht und so zäh wie die Dunkelheit.

Meine Vergangenheit habe ich auf der anderen Seite des Flusses zurückgelassen, wie jemand, der aus einer Schale hinausschlüpft. Das Gedächtnis ist ausgetrocknet, luftentleert; leblose Schatten, Geschöpfe der Einbildungskraft haben sich in eine Wüste voller Skelette der Erinnerung verwandelt. Ich sehne mich danach, auch die Zukunft ganz aus meinem Denken zu verbannen, mich zu verlieren, aufzulösen und dabei nicht einmal an die Unendlichkeit zu denken.

Zwischen zwei hoffnungslosen Ichs, das eine in der Vergangenheit, das andere in der Zukunft verborgen, muß ich schweben; über dem Fluß des Lebens muß ich mit geschlossenen Augen regungslos verharren. Nur so kann ich die Zeit einfrieren, das Universum für einen einzigen Augenblick gänzlich vernichten und wieder aufbauen.

Eine unbewegte, reine, liebevolle Stille. Zärtlich wie eine streichelnde Hand, sanft wie ein Lächeln. Selbst meine Schritte sind jetzt still. Ich bin eine Reisende, die sich von der schweren Last ihres Körpers befreit hat, die leicht geworden ist. Eine körperlos Reisende. Nichts tut mehr weh, nichts macht mir Angst. Denn die Angst sitzt im Fleisch, genauso wie das Verlangen. Ich bin gereinigt, geheiligt.

Irgendwann endet die Brücke, meine Seifenblase, die ein geheimnisvolles Universum in sich verbarg, verflüchtigt sich. An den Grenzen meines stillen Inselchens mitten in der Wildnis öffne ich mein Auge. Ich bin in Genf.

Das Ufer von Lac Léman … Die riesigen Neonlichter der Banken, Hotels, Restaurants und Firmen, die sich um den See aneinanderreihen, fallen aufs Wasser; im regungslosen Widerschein auf dem unbewegten Wasser verschwimmen die Buchstaben; es entstehen rote, blaue, violette, gelbe, orange Farbflüsse. Die Reflektionen sind schöner, freier und wirklicher als ihre Gegenstände. Auch die Schwäne, die Symbole von Genf, sind regungslos, aneinandergeschmiegt, schon längst eingeschlafen. Eine windstille, klare Nacht, es ist feucht und kühl, kein einziger Stern am Himmel. Tannenzweige, die die Rhône im September aus den Bergen hierhergetragen hat, haben den Eingang des Sees völlig verstopft. Überall auf dem Wasser die Haare von toten Nixen. Lange, unendlich lange, seidige Haare, die sich sanft bewegen … Diese Mädchen, die ihre so bezaubernden Haare hier zurückgelassen haben, wohin sind sie alle verschwunden?

Bald wird der Tag anbrechen, jetzt ist die Stunde der Schlafwandler. Jetzt muß ich nach Pâquis. Vielleicht treffe ich dort Michelle oder Sergio. Doch Sergio wird mich mit diesem bandagierten Gesicht nicht wiedererkennen und Michelle weiß nicht einmal, daß es mich gibt.

Ich beschleunige meinen Schritt. Der Mond wird gleich untergehen, in mir eine unbegründete Todesangst ...

PÂQUIS

Auf meiner düsteren, melancholischen Reise in den Labyrinthen von Genf ist die letzte Station der Stadtteil Pâquis. Das größte Migrantenviertel dieser fingernagelgroßen Stadt, dieses Gelddepots, soll nach den Pakistanis benannt worden sein, den ersten Migranten, die sich vor dreißig Jahren hier niedergelassen haben. Und wen gibt es heute nicht alles hier! Die bleichen Pakis; Inder mit ihren schlanken, graziösen, in Saris gehüllten Frauen; aus den Anden vertriebene

Indianer, nachdem ihr Kondor vom spanischen Stier besiegt wurde; Ghanaer, Nigerianer, Angolaner, die selbst an den kältesten Wintertagen in ihrer farbenfrohen afrikanischen Baumwollkleidung herumlaufen; geschäftstüchtige Araber; Türken, die sich ihr Monopol für Kebap und Heroin von niemandem streitig machen lassen; Menschen aus der Karibik, deren Farbe im sonnenlosen Klima Europas verblaßt und deren Rhythmusgefühl immer mehr verebbt; heißblütige Brasilianer, die leidenschaftlich gerne tanzen; Portugiesen, die Gitarren, Alkohol und den Streit vergöttern; Rastas, politische Flüchtlinge, Zivilpolizisten, Saisonarbeiter, Spieler, Diebe, Schmuggler, Bauarbeiter, Prostituierte, Dealer, blutjunge Schriftsteller auf Entdeckungstouren durch abgelegene Gassen, Heroinsüchtige, die die Konsumgesellschaft abwirft, Punks, Zigeuner, anarchistische Studenten, die leere Häuser besetzen, Musiker, die ihr Talent in Nachtklubs vergeuden ...

Schreie, die plötzlich die Dunkelheit der Nacht zerreißen. Das Weinen von Babys und Streit, die die Sonnenaufgänge begleiten. Aus offenen Fenstern herausströmendes Liebesgestöhne, Flüche, Ohrfeigen, der Geruch von Zwiebeln, Knoblauch und Gewürzen. Straßenkatzen und Prostituierte, die in der hygienischen Atmosphäre von Genf nur in diesem Viertel überleben. Disco, Rap, Reggae, Jazz, Blues, Latino-Rhythmen. Und überall und immer wieder Enttäuschungen ...

Das heimliche Warten auf etwas, das keinen Namen hat ... Wer wird morgen den Kopf aus der Schlinge ziehen, wer wird eine Arbeit finden, wen wird die Polizei mitnehmen, wer wird sich von seiner düsteren, übelriechenden Mietbude im achten Stock hinunterstürzen?

Sie sind aus sehr fernen Ländern, von sehr fernen Kontinenten, mit sehr alten Träumen gekommen. Für gelbes Gold oder grüne Dollars, für Brot oder Kuchen, für die Freiheit oder eine andere Form von Gefangenschaft. Sie sind gekommen, um in Häusern mit warmem Wasser leben, an Wochenenden Ski fahren, mit blonden Mädchen schlafen zu können. Doch ihre Sehnsucht, die sie bis hierher geschleppt hat, haben sie längst wieder vergessen. Die Blätter des Baums der Träume sind beim ersten Sturm der Wirklichkeit abgefallen. Nichts, aber auch gar nichts ist mehr wie früher; sogar Farben, Bäume, Kinder, Wolken und Küsse sind anders in diesem Land. Jetzt lachen sie über andere Dinge, verlieben sich in eine andere Art von Menschen, sterben aus anderen Gründen.

Verbannung ist die schwere Strafe für die Flucht. Wer seine Vergangenheit einmal verläßt, findet nie mehr zu ihr zurück.

Ich laufe die Rue de Lausanne entlang, die Pâquis wie ein feines spanisches Schwert von einem Ende zum anderen aufschlitzt. Lärm und Geschrei strömen aus den Bars, Nachtklubs und Cafés heraus und verwirren mich; die Lichter blenden mein Auge, schließlich bin ich Dunkelheit und Stille die ganze Nacht lang gewohnt. Ein erstickender Menschengeruch trifft meine Nase. Das ist ein Geruch, in dem Schweiß, Angst, Parfum, Alkohol, Begierde und Entbehrungen zusammengepreßt sind. Die Rue de Lausanne ist der einzige Ort in Genf, an dem Prostituierte ihren Beruf ausüben dürfen. Der Anblick dieser Frauen, die im Sommer wie im Winter ständig kurze Lederröcke und Netzstrümpfe tragen und deren Zahl zehn oder fünfzehn nicht überschreitet, ist mir vertraut.

In dem marokkanischen Café, in dem ich nach schlaflosen

Nächten zu kühlen Morgenstunden Kaffee trinke und Croissants esse, sitzt oft am Nebentisch eine Gruppe von Prostituierten. Frauen, erschöpft von der Nacht, die ihre Uniform noch nicht ausgezogen, sich je nach Jahreszeit ein Tuch oder eine Pelzjacke über die Schultern geworfen und sich noch nicht abgeschminkt haben, vertiefen sich, ihre Schoßhunde an ihrer Seite und ihre dampfenden Kaffees und Zigarettenschachteln vor ihnen, in eine freudlose Unterhaltung. Dann tut es mir immer leid, daß ich nicht genug Französisch spreche, um sie zu verstehen. Worüber sie sprechen und lachen, was sie kränkt, macht mich tatsächlich sehr neugierig. Sie behandeln mich weder freundlich noch feindlich, meistens übersehen sie mich. Aber hin und wieder mustert mich eine von ihnen mit gleichgültigen Blicken von Kopf bis Fuß. Ihrem Französisch kann ich entnehmen, daß die meisten Fremde sind; die Zahl der schwarzen und fernöstlichen Frauen übersteigt leicht die der weißen. Sie sind meistens großgewachsen, haben anmutige, auffallende, üppige Körper und lange Beine; aber das Tageslicht legt bloß, daß ihre Gesichter aufgequollen, verbraucht und gealtert sind, egal wie jung sie sein mögen. Nicht einmal die intensive Schminke kann die Spuren des Lebens im Gesicht verbergen. Es sind auch zwei, drei Transvestiten unter ihnen, die, was den Körper betrifft, die echten Frauen weit hinter sich lassen. Trotzdem sind sie mit ihren großen, knochigen Gesichtern, ihren riesenhaften Händen und ihrer übertriebenen Darstellung der Weiblichkeit männlicher als die Männer. Ich kann, ehrlich gesagt, überhaupt nicht verstehen, warum sie in dieser Welt, die ganz offensichtlich die Männer bevorzugt, Frau sein oder wie eine Frau aussehen wollen.

Ich laufe die Gasse entlang mit ihren Bäumen, die auf Beton

wachsen, ihren Plastikblumen (ja, auf den Straßen von Genf gibt es sogar Plastikblumen, die in Gefäßen wachsen!) und voller Hundekot, die übelriechende Krone der europäischen Zivilisation. In der Schweiz leben keine Straßenhunde. Die Spuren der geliebten Hündchen, die ihre Besitzer in regelmäßigen Abständen an ihren Leinen festhalten und Gassi führen, sind für mich ein Symbol für den Reichtum, den übertriebenen Individualismus und die Einsamkeit dieser Gesellschaft. Drei aneinandergereihte Restaurants bieten Kostproben der marokkanischen, chinesischen und mexikanischen Küche an, die ihre Eigenarten verloren und sich dem europäischen Geschmack angepaßt haben. An der Straßenecke nennt eine etwas betagte Prostituierte einem kleinwüchsigen Mexikaner mit mächtigem Schnauzbart ihren Preis. Der Mann überlegt einen Augenblick lang, stimmt dann ohne zu handeln zu, und sie verschwinden im Treppenhaus des Gebäudes gleich hinter ihnen. Daß die Frau mit dem Mann, den sie in der Dunkelheit nur einen Moment lang wie ein Gespenst gesehen hat, schlafen muß, sticht mir ins Herz. In dieser untergegangenen Gasse kann niemand, aber auch wirklich niemand seine Würde über Wasser halten.

Ich kann behaupten, daß ich den Schmerz, eine Frau zu sein, einigermaßen kenne, aber wie kann ich die Revolte eines Körpers begreifen, der vom fünfzehnten Lebensjahr an vermarktet wurde?

Auf der anderen Straßenseite ist die Kebapbude, der Treffpunkt emigrierter Türken und gleich daneben das libanesische Restaurant, das um diese Zeit schon längst geschlossen hat. Der Polizeiwagen bremst vor der Kebapbude, zivilgekleidete Polizisten schlüpfen hinein. Verständlich, der Drogenhandel in dieser

Gasse wird ja von Türken und Arabern geführt. Einmal hatte ich genau an dieser Straßenecke eine türkische Frau gesehen, die ihr Kind durchprügelte. Es war Oktober. Das Wetter war eiskalt, ein heftiger Regen ging herunter, die Bürgersteige waren klatschnaß. Das vielleicht fünf Jahre alte Mädchen hatte nur einen kurzen Sommerrock und eine dünne Nylonjacke an. Am Ende waren seine strumpflosen Beine schlammbedeckt. Irgendwann gelang es dem Mädchen, sich vom Griff der Mutter zu befreien, es stürzte sich wie um sein Leben rennend auf die Straße, und unter den verwunderten Blicken der Europäer, denen die Gewalt, die sie gesehen hatten, die Sprache verschlug, rannte es auf die Kreuzung zu, wo ein reger Verkehr herrschte. Sergio lief neben mir her und machte einen Satz, um das Mädchen festzuhalten, aber ich hielt ihn am Arm fest.

»Laß es! Siehst du, wir Türken wachsen so auf. Dieses Kind kriegt es besser hin, die Straße zu überqueren als du.«

Ich habe nie verstanden, warum ich mich so verhalten habe. Das Kind erreichte zwar den anderen Bürgersteig, ohne überfahren zu werden, aber warum habe ich Sergio nicht das Glückserlebnis gegönnt, ein kleines Kind, wenn auch nur für einen einzigen Augenblick, vom Bösen zu befreien und ein einziges Mal heldenhaft der Gewalt und dem Tod zu widerstehen? Ich vermute, es war eigentlich ich selbst, in deren Schicksal er sich nicht einmischen sollte. Oder vielleicht habe ich ihm beweisen wollen, daß er mit Güte die Welt nicht verändern kann; wie dem auch sei, Sergio hatte an jenem Tag zum ersten Mal Angst vor mir, er hat sogar irgendwie die Hoffnung aufgegeben.

Die Migrantenkinder der zweiten Generation im Pâquisviertel sind, auch wenn sie sich wie die schweizerischen Kinder kleiden und wie diese sprechen, in Wirklichkeit ganz anders als sie. Sie lieben es zum Beispiel, in ihren Spielen Polizeisirenen nachzumachen, was sie wahrscheinlich vom Fernsehen lernen, denn in der Schweiz, die die Stille anbetet, benutzt die Polizei nie Sirenen. Diese Kinder, die weder jemals im nur einen Sprung entfernten Nachbarland Frankreich noch im Land ihrer Eltern waren, nicht Ski fahren können und keine Hunde halten, sind seit ihrem Krabbelalter mit Schlägen, Beschimpfungen und Entbehrung vertraut. Noch bevor sie ihr zwölftes Lebensjahr erreichen, lernen sie, ihre Fäuste zu benutzen und Joints zu drehen. Auf dem fremden Boden, der sie nicht haben will, wachsen sie wie wilde Samen auf. Schon in ihrer Geburt liegt eine lange Tragödie verborgen. Sie erahnen, daß sie wie ihre von ihnen verachteten Väter arbeitslos bleiben, abgewiesen, verschmäht werden. Sie ahnen es, setzen sich aber trotzdem zur Wehr.

Das Zaudern dieser Kindermigranten zwischen zwei Kulturen ist viel einschneidender, stürmischer und brennender; der Schmerz, den sie erleiden, spiegelt sich, auch wenn sie es gar nicht merken, in ihrem ganzen Benehmen, in ihrer Mimik, in ihren Spielen, sogar in ihrem Lachen wider. Mit zehn Jahren betrachten sie die Welt mit den altgewordenen Augen eines Fünfzigjährigen. Aber um diese Zeit der Nacht ist kein einziges Kind in der Rue de Lausanne. Gott sei Dank nicht! Stattdessen sind hier Prostituierte, die ihre Kinder verlassen haben und sich auf den Tod vorbereiten.

Neulich habe ich eines Morgens an dieser Ecke Blutflecken gesehen. Wie ich von dem warmherzigen, leutseligen Besitzer des marokkanischen Cafés erfahren habe, hat man einer achtzehnjährigen schwarzen Prostituierten die Kehle durchgeschnitten. Ich kann mich ein wenig an die junge Frau erinnern. Sie war klein, hatte große Brüste, zeigte immer ein Lächeln und trug gerne rote Lederjacken. Warum auch immer, ich stelle mir vor, daß sie mit einem Messer mit Diamantenspitze umgebracht wurde. Vielleicht gehe ich eines Tages an ihrem Grab vorbei und lege auch Plastikblumen darauf.

Jeder, der in dieser Gasse des Hasses haust, ist ein Schrei, der noch nicht ausgestoßen wurde. Jeder läuft auf der Straße so, als würde er ein verborgenes Trinkglas in der Hand zerdrücken; die Bürgersteige sind mit dem unsichtbaren Blut überzogen, das aus den Handflächen rinnt. Diesen Schlachthofgeruch kann nur wahrnehmen, wer ihn kennt.

Auf einmal erscheint vor mir ein großer, gutgekleideter, kraushaariger junger Mann. Er sagt ein paar Sätze auf Französisch.

»Ich spreche kein Französisch«, antworte ich. Währenddessen folge ich meiner alten Gewohnheit und wende ihm mein linkes Auge zu.

»Ich möchte in eine Bar gehen. Können Sie mir helfen?«, fragt er in einem Englisch mit starkem französischen Akzent.

Ich falle aus allen Wolken.

»Hier sind doch überall Bars, sehen Sie's nicht?«

»Aber ich möchte in eine Bar, die Sie empfehlen und zwar mit Ihnen.«

Jetzt bin ich noch mehr verwundert. Es gibt so viele schöne Frauen, aber er möchte mit einer Frau, die in alten, schäbigen Kleidern herumläuft, mit zerzausten Haaren, häßlich und dazu noch einäugig, in die Bar. Da stimmt irgend etwas nicht, entweder hat dieser Mann sehr geheimnisvolle sexuelle Phantasien wie einäugige Frauen, Augen, die mit Messern ausgestochen werden, abgehackte Körperteile und so ähnlich, oder er ist Zivilpolizist. Aber er sieht so gut aus und ist so süß. Die Frau in mir zögert. Ich kann ja erstmal ein Glas trinken und wenn es nicht gut läuft, mich wieder aus dem Staub machen. Schließlich siegt meine türkische Ader.

»Nein, ich kann nicht. Diese Gasse ist voller Bars und Frauen. Ich hoffe, Sie finden, was Sie suchen.«

Er widerspricht nicht, wirkt aber etwas gekränkt.

»Gut. Was kann man machen? C'est la vie. Ich hoffe, Sie finden auch, was Sie suchen.«

Wirklich ein kluger Mann, er hat gut geantwortet. Möglich, daß er erahnt hat, was ich suche, was ich nicht finden werde. Vielleicht ist er auch einer von jenen, die an dieser internationalen Malereiausstellung teilnehmen.

Ich hatte mich gerade von dem kraushaarigen Franzosen getrennt und wollte meinen Weg fortsetzen, da entstand ein Tumult vor der mexikanischen Bar. Die Menschen schreien, rennen herum, rufen nach Hilfe; eine Menge, die aus Bars und Clubs wie Mäuse hinausstürzt und sich versammelt. Gleichgültigen Schrittes, einfach nur so, ging ich näher. In den letzten Stunden der Nacht lieben es die Männer der Dritten Welt, die einen über den Durst getrunken haben, wegen der Aufteilung der Frauen mit den Fäusten aufeinander loszugehen. Die Menge war in der Mitte der Straße versammelt und hatte den Verkehr blokkiert. Ich näherte mich der Horde, in der jeder seine Meinung zum Besten gab, und weil alle beim Anblick meiner Bandagen leicht schauderten, zur Seite flüchteten und mir den Weg freimachten, konnte ich mir einen Platz unter den Zuschauern der ersten Reihe ergattern. Wahrscheinlich wußten sie instinktiv, daß ich als Opfer des Schicksals das Recht habe, einen fremden Unfall ungestört zu betrachten und mit meiner Eigenschaft einer einäugigen Kassandra Todesprophezeiungen auszusprechen. Ein sündhaft teures, nagelneues Auto stand mit laufendem Motor in der Mitte der Straße. Offensichtlich hatte es nichts und niemanden angefahren. Die rechte Tür vorne stand offen, eine große, dunkelhaarige Frau, schön wie eine Puppe, lag ausgestreckt auf dem Asphalt. Sie trug eine Bluse aus schwarzer Seide mit Trägern, einen kurzen schwarzen Rock und Stöckelschuhe, die ihren langen Beine noch mehr hervorhoben. Sie zappelte, wand sich, zitterte. In fürchterlichen Schmerzen kämpfte sie um ihr Leben.

»Ruft einen Arzt, schnell! Ist denn hier kein Arzt unter Ihnen?« flehte die Frau neben mir.

»Was ist passiert? Unfall?«

»Und wo ist der Fahrer? Ist denn hier niemand, der dieser Frau helfen kann?«

»Er ist bestimmt geflohen.«

»Vielleicht hat er ihr was angetan.«

»Das ist Mord, bestimmt Mord!«

»Natürlich, ist ja kein anderes Auto weit und breit, das kann kein Unfall sein.«

»Mord, sagen sie, kein Unfall.«

»Oh mein Gott!«

»Ist kein Arzt unter Ihnen? Die Frau stirbt!«

»Das ist eine Rauschgiftkrise.«

»Nein, nein, sie hat einen epileptischen Anfall.«

Ich näherte mich der Frau. Ich war die einzige, die diesen Mut aufbrachte. Schließlich waren wir beide verwundet. Sie war unwahrscheinlich schön, hatte lange, glatte, pechschwarze

Haare. Sogar im Todeskampf war sie so wunderschön! Mir kam ein furchtbarer Verdacht.

»Sind Sie Ärztin?«

(Diese Frage ist natürlich an mich gerichtet.)

»Nein, bin ich nicht. Aber ich verstehe was von erster Hilfe.«

Der Fragesteller bemerkt mein Auge, zieht sich rasch zurück.

»Was ist passiert?«

»Sie ist unter Schock«, antworte ich.

»Ist es ein Unfall oder was anderes?«

Um meinen Verdacht zu überprüfen und zu bestätigen, gehe ich zu der Frau und knie nieder. Ich halte ihre Hand. Genau in diesem Augenblick rinnt Blut in einer ganz feinen Linie zwischen ihren Lippen mit rotem Lippenstift heraus. Für einen Moment wird ihr Körper steif, dann bleibt sie regungslos liegen. Die junge Frau stirbt plötzlich vor meinen Augen. Ihre Hand in meinen Händen. Von der Menge hinter mir höre ich Schreie. Ich schaue ihre rechte Schulter an. Ein tätowierter Tiger stürzt sich auf einmal hervor, kratzt mit seinen Krallen meine Augen aus. Ich wußte es. Diese Frau ist Michelle! Meine Michelle!

Polizisten nähern sich, treiben einen Keil in die Menschenmenge, neben ihnen ist jemand mit einem Arztkoffer. Um nicht fragen zu müssen, was geschehen ist, entferne ich mich rasch. Ich kann es nicht ertragen, zu erfahren, warum Michelle gestorben ist. Ich habe es ohnehin gewußt. Ich setze meinen Weg fort.

Michelle ist gestorben! Gerade als ich mich an sie gebunden habe, hat sie mich allein gelassen und ist gegangen. Aber habe ich es denn nicht gewußt, daß wir auf der Reise zu uns selbst ganz allein sind? Trotzdem, trotzdem … Michelle hätte nicht einfach so sterben dürfen. Sie war meine letzte Verbindung zur Welt.

Und sie hat es ganz und gar nicht verdient. Auch wenn sie erträumt war, war sie im Namen des wirklichen Lebens aus der Substanz des Lebens erschaffen, sie war nicht ein Gespenst wie ich. Sie würde die Kämpfe gewinnen, die ich verloren habe, die Wirklichkeit, die mich überfordert, neu gestalten, meine Träume für sich selbst verwirklichen. Während ich ein Leben lang von der Brücke über dem Fluß des Lebens in die Tiefen schaue, würde sie sich ins Wasser stürzen und das Meer erreichen. Sie wurde für Vereinigungen der Flüsse, für Deltas, für Ozeane geboren, nicht, um in der dreckigsten Gasse von Genf wie ein Straßenhund ihr Leben zu lassen. Doch das alles kann ich nicht bestimmen, das ist ja nicht mein Universum!

Am Ende der Rue de Lausanne, vor einem Billardclub, treffe ich wieder die Gruppe der vier Türken. Sie ahnen nicht, daß sie im Begriff sind, den gefährlichsten Laden dieser Gasse zu betreten, einen Club, der von Professionellen, das heißt, von internationalen Rauschgifthändlern nur so wimmelt. Die Jagd nach Frauen scheint ziemlich schlecht gelaufen zu sein, jetzt sind sie bis über beide Ohren betrunken, sie schaffen es nicht einmal mehr, herumzulärmen. Brav und ruhig versuchen sie, dem Türsteher ihr Anliegen zu erklären. Ich husche an ihnen vorbei, sie bemerken mich nicht. Irgendwann vernehme ich einen türkischen Satz:

»Bruder, ich glaube, heute nacht geht's so richtig mit mir durch. Schon das zweite Mal sehe ich die Erscheinung einer einäugigen Frau.«

Ich lache laut auf. Das erste, letzte und einzige Lachen dieser Nacht.

Dabei hatte die letzte Nacht nicht mit meinem vertrauten Alptraum geendet. Statt wie sonst immer ohne jede Hoffnung aufzuwachen, hatte ich mein Auge glücklich, ausgeglichen, voller Licht geöffnet. Wenn auch um den Preis, von einem Moment auf den anderen zurück in der Wirklichkeit zu landen, hatte ich etwas geträumt, was mich viel glücklicher machte als alles andere. Ich spazierte am Seeufer in einem Garten voller Blumen und Bäume, in weiter Ferne waren die Gipfel der Alpen zu sehen, es war Frühling. Ich trug ein weißes Kleid, ähnlich den Röcken von Ballettänzerinnen, ich war barfuß. Ich spürte die Nässe und Weichheit der Gräser. Mein Auge war bandagiert, aber selbst die Bandagen hatten sich verwandelt, waren sanft geworden wie der Tüll, den ich am Körper trug. Nichts tat mir weh.

Von hinten rief jemand meinen Namen. Ich drehte mich um. Sergio. (Zum ersten Mal erschien er mir im Traum, seitdem er gegangen war.) Er reichte mir einen Strauß Blumen, einen Strauß von den ersten Blüten aller Bäume im Garten.

»Bitte«, sagte er, »sag mir, wann ich dein Auge berühren darf. Dein Auge berühren.«

»Ja! Ja! Ja!«

Mit sorgfältigen, sehr zarten Gesten löst er die Bandagen, ich bin wie verzaubert. Er schaut das hoffnungslose, verlorene, graue Auge an. Er lächelt. Sachte nähert er sein Gesicht, drückt seinen Mund auf mein Auge und fängt an, die Flüssigkeit, die aus dem verwundeten Auge rinnt, abzulecken.

»Ekelst du dich nicht?«»

»Nein, es gefällt mir.«

Mit dem zunehmenden Verlangen, das sich in meinem Körper immer weiter ausbreitet, kommt auch mein Auge zu Kräften, es heilt, fängt wieder an zu sehen. Aus einer sehr weit zurückliegenden Vergangenheit kehrt es zu mir zurück.

Wie sinnlos, wie hoffnungslos. Eine längst vergangene Liebe neu beleben zu wollen und sie dann noch in der Leere eines verlorenen Auges zu suchen. Ich muß mich damit abfinden, daß es für mich zu spät ist. Ich muß noch eine Schachtel Zigaretten kaufen, nach Hause zurückkehren, einen Tee machen. Ich muß schreiben. Zu dieser Stunde, wenn die Liebenden sich in die Arme nehmen, wenn alle Einsamkeiten vergessen werden, muß ich weinen und schreiben. Um diese Geschichte zu verraten. Schließlich ist ein verlorenes Auge ein Verrat. Wie sinnlos, wie hoffnungslos. In einer Leere etwas zu suchen, wovon ich nicht einmal mehr weiß, was es war. Alle Steine einzeln hochzuheben und darunter zu schauen, in alle Höhlen, Löcher, Gruben die Hand hineinzuschieben und wie besessen zu suchen. Dabei ist es nur die Hoffnungslosigkeit, die du jedesmal wieder und wieder findest. Und vor allem jetzt, wo Michelle plötzlich gestorben ist.

Mein junger Arzt hat wahrscheinlich Recht. Ich mache mir einfach zu viele Gedanken.

Worterklärungen

Ayran: Joghurt, Wasser und Salz ergeben, gut gerührt, den Ayran, ein erfrischendes Getränk.

Kalamış, Taksim, Rumelihisarı, Ortaköy sind Stadtteile von Istanbul.

Köfte: Hackfleischbouletten

Poğaça: Gefüllte Teigtasche

Simit: Sesamkringel aus Hefeteig

Tavla: Brettspiel, auch Backgammon genannt

Zur Aussprache des Türkischen

ç wie tsch in Kutsche

ğ weiches, nicht hörbares g; es verbindet den voranstehenden Vokal mit dem nachfolgenden Buchstaben

ı kurzes i wie das e in Katze

s stimmloses s wie in Maus

ş wie sch

z stimmhaftes s wie in Hase

Deutschen Erstausgabe

1. Auflage 2008

Edition Galata
Legiendamm 8, 10179 Berlin
www.galata-books.de

Edition Galata ist eine eigenständige Verlagseinheit
bei J&D Dağyeli Verlag
www.dagyeli.com

Umschlaggestaltung: Udo Tremmel und Müjde Karaca
unter Verwendung eines Fotos eines unbekannten Fotografen
Lektorat: Maja Otten
Satz: Udo Tremmel
Druck: Art-Druk, Szczecin
Printed in Poland

ISBN 978-3935597-73-9